影像记录了空间，
但需要语言为它标注时间……

解说影像，一份情怀

Jieshuo Yingxiang Yifen Qinghuai

毕　伟◎著

甘肃科学技术出版社

图书在版编目（CIP）数据

解说影像，一份情怀 / 毕伟著. -- 兰州：甘肃科学技术出版社，2016.4（2023.8重印）

ISBN 978-7-5424-2317-7

Ⅰ. ①解… Ⅱ. ①毕… Ⅲ. ①专题片—解说词—中国—当代 Ⅳ. ①1235

中国版本图书馆CIP数据核字(2016)第077330号

解说影像，一份情怀

毕 伟 著

责任编辑　杨丽丽

封面设计　毕　伟

出　版　甘肃科学技术出版社

社　址　兰州市城关区曹家巷1号　　730030

电　话　0931-2131576（编辑部）　　0931-8773237（发行部）

发　行　甘肃科学技术出版社　　印　刷　三河市嵩川印刷有限公司

开　本　850mm×1168mm　1/32　　印　张　7.25　插　页　1　字　数　160

版　次　2016年5月第1版

印　次　2023年8月第2次印刷

印　数　501~3000

书　号　ISBN 978-7-5424-2317-7　　　定　价　36.00元

图书若有破损、缺页可随时与本社联系:0931-8773237

青春珍藏

（代序）

仿佛才是初春却就到了盛夏，

仿佛一切才开始就要结束，

仿佛才刚刚相识就要分别，

仿佛才忽然看见自己

掉落在校园的影子

渐渐淡却……

岁月在悄悄地划过，

曾热烈拥抱过的那段时光，

如今将与我道别珍重。

远行的足迹就要伸展，

记忆也会渐行渐远，

我的心却充满眷恋，

母校，在你永久

而又安详地凝视下，

在生命里，我将——

青春珍藏。

（《青春珍藏》开篇词，2003年）

文化的厚度，是在时光的磨砺中，历经一代一代人的努力，用心智积淀起来的，由此，我们有了说不完、写不完的甘肃……

目 录

走进甘肃

　　甘肃地处中国西北内陆，设有14个地州市，下辖86个县市区，面积45.5万平方公里，有汉、回、藏等45个民族。

　　甘肃位于黄土高原、内蒙古高原与青藏高原的交会处，地形狭长。境内山脉重叠，河流纵横。由于气候、地域的不同，有的四季如春，有的杂花生树，有的草木稀疏，从而形成了秀丽

解说影像，一份情怀

远眺祁连

祁连山位于甘肃西北部，它不仅是甘肃与青海的分界线，更是河西走廊的生态屏障。

的、粗犷的、雄浑的各自不同的自然景色，使甘肃大地色彩鲜明、气象万千。

甘肃是一个极具市场潜力、有待深入开发的省份，省内土地资源、矿产资源、水利资源、生物资源、光热资源和文化旅游资源都非常丰富。全省已发现有用矿藏145种，矿点2500处。滚滚黄河从境内穿过，为甘肃提供了巨大的水利资源。祁连山雪水浇灌着河西的千顷沃野，陇东黄土高原富饶辽阔，陇南山区气候温和、稻谷飘香，一望无垠的草原使甘肃成为全国重要的畜牧业基地之一。甘肃经济作物品种繁多，发菜、百合、白兰瓜遐迩闻名。

甘肃历史悠久，是中华民族的发祥地之一。早在远古时代，我们的祖先就在这里劳作、生息、繁衍，并为我们留下了丰富的历史文化遗迹，其中图案斑斓、形态多姿的彩陶尤为珍贵。黄河文化曾从这里发端，而丝绸之路的开通更使甘肃成为汉唐时期东西方文化交流、贸易往来的通道，在中华民族的发展历程中占据着重要地位。举世闻名的敦煌莫高窟、麦积山石窟、炳灵寺石窟，雄伟的嘉峪关关城、金碧辉煌的拉卜楞寺和古老的长城、烽台、古堡、关塞等等，无不诉说着在这块大地上曾经发生过的生动故事，吸引着数以千万的现代人流连忘返。

这是一块壮丽的大地，这是一块英雄的大地。在中华民族最危急的时刻，历史又一次选择了甘肃。在甘肃的大地上，留下了许多革命先驱为拯救中华、英勇奋斗的足迹。迭部天险腊子口、宕昌哈达铺、通渭县城和榜罗镇、会宁县城、陇东的南梁等等，都曾发生过新民主主义革命斗争史上的重大事件，陇东的山山水水也都记录下了陕甘宁革命根据地恢宏的业绩。

中华人民共和国成立后，在中国共产党的领导下，勤劳的甘肃各族人民艰苦奋斗，开始了大规模的经济开发和建设，逐步形成了以石油化工、有色金属、电力、机械制造为

会宁县红军长征会师纪念塔

解说影像，一份情怀

支柱，包括机械电子、建筑材料、轻纺、医药等在内的较为完整的工业体系，并成为我国重要的原材料工业基地，使古老的甘肃发生了翻天覆地的巨大变化。从陇东高原到河西走廊，从黄河两岸到陇南山地，从长城内外到千里草原，工农业生产蓬勃发展，人民生活水平逐步提高。

党的十一届三中全会以来，甘肃各族人民解放思想、锐意改革，焕发了新的建设热情，甘肃进入了一个全面发展的新阶段。进入90年代后，甘肃省积极实施扩大开放、科教兴省的发展战略，大力加强基础设施建设，稳步推进以建立社会主义市场经济体制为目标的各项改革，全省国民经济持续、快速、健康发展。一个崭新的甘肃正在陇原大地上崛起。

（《辉煌五十年·甘肃》，"走进甘肃"解说词，1999年）

神奇的甘肃

中国西北高原苍茫广袤。在壮丽的西北高原上，绵延千里的狭长省份甘肃，就处在黄土高原、内蒙古高原与青藏高原的交会地带上。

这里有秀丽的陇南山地，粗犷的黄土高原，宁静的祁连白雪，辽阔的甘南草原，幽远的松涛林海，浩瀚的大漠戈壁。丰富多彩的自然风光，孕育出辉煌灿烂的历史文化，甘肃，这是一片神奇的土地。

　　甘肃建省的历史可以追溯到元代，而甘肃历史文化的发展却源远流长。千百年来，在这片土地上曾上演过许许多多重大的历史事件，甘肃各族人民在建设美好家园的过程中，也谱写了共创中华文明伟业的宏伟篇章。

大河文明

　　一条大河，便是一方文明。一条大河的绵延不绝，便是一方文明的生生不息。

　　大河往事，文明往事。

　　黄河，是中华民族的摇篮，她从甘肃大地上奔腾穿过，在这里将古老中华文明的序幕徐徐拉开。

　　甘肃是中华民族的重要发祥地之一。这黄色丰厚的土地，曾孕育了远古的农耕文化，这丰厚的黄土，又淹没了多

黄河日出

　　古老的四大文明都诞生于大河之畔，人类最初的文明与河流有着密不可分的关系。

大河奔流

黄河，是中华民族的母亲河，它从黄土高原的千山万壑间穿行而过，孕育了璀璨夺目的华夏文明。

少久远的历史秘密。

在中华民族的创世神话中，伏羲和女娲与中华民族的起源紧密相连。这一对史前神话人物，相传都诞生在甘肃东南部的天水一带。天水是海内外知名的羲皇故里，市内伏羲庙历代香火不断。天水市区以北20公里处的卦台山，相传就是伏羲相天法地的画卦之处。女娲祠坐落在天水市秦安县北部，传说这里是女娲的故乡，当地流传着许多女娲生平的生动故事。

20世纪是中华文明考古大发现的时代，在一系列考古新发现中，大地湾新石器时期史前文化遗址的发现格外引人注目。大地湾位于天水市秦安县五营乡。大地湾文化是黄河流域新石器时代早期文化之一，具有极高的考古研究价值。在这里出土发现的大地湾一期文化彩陶，是迄今所知在中国发现的最早的彩陶，它的年代可上溯到距今约7800年左右，与两河流域耶莫有陶文化和哈逊那文化的年代大体相当，同是

解说影像，一份情怀

大地湾遗址考古发掘现场

经多次考古研究发现，大地湾文化遗存的相对时代约为距今7800~4800年，上下跨越3000年左右。

世界上最早出现彩陶的古文化之一。

大地湾原始文化跨越了悠久的历史阶段，它以宏大的规模，丰富的内涵，展示了黄河文明起源的足迹。在这座建筑里，保存着中国新石器时期考古研究最重大的发现之一——史前殿堂。这座殿堂建于5000年前仰韶文化后期，是原始聚落首领的殿堂。历史学家给予了它这样的评价，这座殿堂"奠定了中国宫殿制度的基本格局"。

伏羲与女娲的创世神话，不仅与大地湾文化在发生的时间上极为接近，而且也同处在如此相近的地理空间中，这难道仅仅是时空的偶然吗？在大地湾一期文化陶器上有十几种刻画符号，这难道就是伏羲书契的遗痕吗？

甘肃地处黄河流域的中上游地区，整个河陇地区在新石器时期中，不仅吸收周围各种文化的精神，同时给周围文化以不同程度的影响，其中仰韶文化便是在这种相互交流的过程中，逐步成为整个中华民族原始文化的核心。远古时代，人们逐水而居，河陇文化中的人文精神便随着黄河的波涛一路东去，成为整个华夏文化的奠基。

陇原高地的壮阔，成就了陇原人辽阔的胸怀，也造就了陇原文化特有的气势，苍茫的黄土高原在甘肃东部延伸，古老的黄河文明在这里孕育成长。

山川流韵

人类依赖自己的灵智认识了大地四方，人在认识大地四方之中发现了大地之美，大地美，是美的完整集合。

甘肃大地，千姿百态，气象万千。陇原之美，自然古朴，浑厚灿烂。历史曾在这里大开大阖，而历史却与山河同在。

甘肃的西北部就是中国最长的走廊地带——河西走廊。河西走廊绵延千里，在古代是连接中原与西域的必经之地。

丝路古道

解说影像，一份情怀

2000多年前，张骞两通西域，西汉在此划分河西四郡，从此，河西走廊便在中国历史上留下了自己浓重的一笔。

河西走廊是丝绸之路的黄金地段。古道漫漫，中华文明从这里远扬到异域他方，驼铃叮咚，中原内地从这里感知到西方的精神灵光。

河西是陇右的屏障，陇右是关中的屏障。在漫长的中国历史上，河西的得失，与中原王朝的命运息息相关。欲保秦陇，必固河西。河西的安定，与内地的盛世繁荣紧密相连。秦、汉、明三朝都曾在河西大规模修建西部长城，特别是汉长城，不仅跨越整个河西走廊，而且更延伸到新疆一带，体现了以长城开拓和保障丝绸之路畅通的精神。

长城是古丝绸之路的护卫者。这一段段城墙，一座座烽燧，是世事沧桑的见证。在这片土地上，光荣与梦想同在，辉煌与悲怆并存。

敦煌附近的古董滩，曾是出敦煌去西域的重要关隘——

守望者

在河西走廊，长城与丝绸古道陪伴相随，有力地维护了丝路的畅通和边疆的稳定。

阳关耳目

　　阳关，因坐落于玉门关之南而得名，是丝绸古道南路的重要关隘。

阳关所在地。

　　古阳关经历岁月的风雨已不复存在，但在这沙砾中仔细搜寻，依然可以找到古时的箭镞、钱币、陶片和珠宝等。这红色沙丘上的一座烽燧就是著名的阳关耳目，它静静地伫立在这里，也许仍在静候着昔日的阳关驼队进出时的繁华。

　　玉门关是河西走廊的另一座重要关隘。玉门关因西域出产的美玉经此输入中原而得名。玉门关扼守着河西走廊的西

玉门关

解说影像，一份情怀

汉长城遗迹

大门，是通往新疆伊吾的门户。诗人李白著《关山月》一诗写道："明月出天山，苍茫云海间，长风几万里，吹度玉门关。"这豪迈的激情来源于盛唐时玉门关直通西域的壮阔景象。

这戈壁滩上的雄关就是明长城西端的起点——嘉峪关。嘉峪关地形险要，南依祁连山余脉文珠山，北接马鬃山余脉黑山，自古就是河西的第一关隘。嘉峪关关城宏伟，立于广漠，蔚为壮观，有"天下雄关，边陲锁钥"之称。雄关晓月

嘉峪关关城

嘉峪关是明代长城的西端起点，有"天下雄关，边陲锁钥"之称。

令人遐思，静谧的古道洋溢着祥和。

"无数驼声遥过碛，应驮白炼到安西"，在这条千年不变的丝路通道上，有过烽火的狼烟，有过战马的嘶鸣，但更有过喧嚣的闹市、往来的商队，大西北人是中华古文明最初的西行使者，他们用勤劳的双手串联起戈壁滩上的生命绿洲，用双脚踩出了光照千古的丝绸商道。

河西走廊的神韵，历史为证，山川为证，大地为证。

丝路长歌

如果将人类的历史比作一条长路，在这条长路上曾闪现过多少绚丽多姿、异彩纷呈的历史创造。人类历史上确实曾有过一条长路，它跨越崇山峻岭、戈壁沙漠，架构起连接东西方文明的桥梁。

甘肃，东接黄土高原，南占长江流域，西接青藏屋脊，北连蒙古高原，历史上就一直是各民族文化相互交流传播的舞台和通道。"使者络绎于途，商贾相望于道"，无法估量的巨大财富勃勃流动于这条道路上，涓涓如溪的文明成果在这里汇聚融合，古老的丝绸之路成就了辉煌，成就了灿烂，成就了神奇。

在甘肃悠久的历史文化中，以丝路文化最为灿烂夺目。历史上，甘肃是东连西出的咽喉要道，丝绸之路贯穿甘肃全

解说影像，一份情怀

境，绵延达1600多公里，天水、平凉、武威、张掖、酒泉、敦煌，一个个丝路重镇，如一颗颗璀璨的明珠，镶嵌在甘肃大地上。以敦煌莫高窟、天水麦积山石窟、永靖炳灵寺石窟为代表，省内100多处石窟寺庙、塔碑楼阁，形成了一条绚丽多彩的丝路艺术长廊。历史的沧桑变迁不能淹没它瑰丽的文化价值，今天依然闪耀着不朽的灿烂光芒。

敦煌位于甘肃河西走廊的西端。西汉时期，汉武帝击败匈奴，为开辟和打通与西域的商贸往来，设武威、张掖、酒泉、敦煌河西四郡，敦煌从此成为边陲重镇。它南依祁连，西控西域，东达京洛，领六县，据两关，既是东西方交通的咽喉之地，又是贸易、文化交流的中转枢纽，因而，敦煌地虽偏远而开放繁荣，远离中原而文化昌盛。佛教东渐，欲进中原先入敦煌，两种文化在此交合碰会，是形成敦煌石窟群的重要背景。

敦煌莫高窟是世界上现存的最伟大的佛教艺术宝库，它

莫高窟

敦煌莫高窟位于敦煌市东南25公里处，是中国最大的古典艺术宝库，也是佛教艺术中心。

敦煌壁画

根植于丰厚的中原文化艺术土壤之中，融会了古印度及西域的佛教艺术风格，集建筑、彩塑和壁画于一体，其年代之久远、营造时间延续之长、规模之浩大、艺术制作之精美、内容之丰富，使它成为人类永远的文化圣地。1987年，联合国教科文组织将其列为人类珍贵文化遗产。

敦煌莫高窟始凿于公元4世纪的十六国前秦时期。千余年来，莫高窟经历了十六国的初创、北朝的渐盛、隋唐的辉煌、五代以后的衰微和明清时期的沉寂，流年风雨、沙压土埋、人为毁坏，但存留至今的洞窟仍有492个，彩塑2400余身，壁画45000多平方米。

1900年，莫高窟藏经洞的发现震惊了中外学术界，从此，在文化学术研究领域里增添了敦煌学这一专门学科。敦煌石窟艺术和敦煌遗书具有极高的学术价值、历史价值和艺术价值，它是人类文明交流汇合的结果，也是人类文明交流汇合最灿烂的体现。

大梦敦煌，人类的敦煌。

解说影像，一份情怀

麦积山石窟

  麦积山石窟地处天水市北道区，现存有窟龛194个，大小造像7200余尊，壁画约1000平方米。

  甘肃是石窟艺术之乡，中国四大石窟甘肃独占其二。天水麦积山石窟是中国的四大石窟之一。麦积山石窟始建于十六国时期的北魏时期，跨越1600余年的历史，至今保留有大小洞窟194个，泥塑造像7200余尊，壁画1000多平方米。麦积山石窟以泥塑艺术见长，梵界的圣洁清雅与世俗生活的多姿多彩在这里得到了最完美的结合，被称为"东方雕塑艺术馆"。

麦积山石窟44窟，西魏

  清俊潇洒的风格和隽永含蓄的微笑，构成了西魏造像中最完美的佛的形象。

炳灵寺石窟

炳灵寺石窟位于永靖县，是我国石窟艺术延续时间最长的石窟寺之一，被誉为"中国石窟的百科全书"。

永靖炳灵寺石窟是甘肃的三大石窟之一。炳灵寺石窟创建于十六国的西秦时期，历经北魏、北周、隋、唐、宋、西夏、元、明、清各代，至今存留有窟龛近200个，大小造像700余尊，壁画约1000平方米。

甘肃的著名石窟还有庆阳北石窟、泾川南石窟、武山拉梢寺石窟、甘谷大象山石窟、肃南马蹄寺石窟、武威天梯山石窟和安西榆林窟等等。甘肃石窟艺术以其博大的文化内

天梯山石窟

天梯山石窟创建于东晋十六国时期的北凉，是河西走廊上最早的石窟寺之一。

解说影像，一份情怀

涵、多姿多彩的动人形象、鲜明的时代风格和独特的地方特色令世界瞩目。

　　悠悠驼铃在漫漫的丝路古道上摇响，唤醒了沉睡的大漠，唤来了美丽的飞天，丝路长歌穿越千年的寂静，奏响了今天的辉煌。

高原豪情

　　高原，因其高亢而凝重，因其险峻而深沉，因其寒峭而质朴，因其孤高而纯洁。

　　这里的山峦虽没有五岳的奇峰秀景，但苍茫的群峰却充溢着无限厚重的力度，它们朴实无华并具有自己真正的高度。

　　这里的江河虽没有江南的温情委婉，但汹涌澎湃的激流使它面前没有冲不出去的山谷。

云中漫步

　　甘肃的西南部，是青藏高原向黄土高原、秦岭山地的过渡地带，地势高亢，奇峰异景，美不胜收。

裕固族青年

　　裕固族是生活在祁连山北麓的少数民族，主要生活在甘肃省肃南裕固族自治县及酒泉市肃州区黄泥堡裕固族自治乡。

　　正是这样的山，正是这样的水，养育造就了这里的人，彪悍雄浑，伟岸旷达，执着如山崖峭壁，刚烈如江河奔涌。他们生生不息，勇猛顽强，在这片雪域高原上，创造了自己独具魅力的民族文化。

　　甘肃自古为多民族聚居地，各族人民在长期的历史发展中形成了各具特色的民族文化，使甘肃大地人文荟萃，色彩瑰丽。

　　临夏回族自治州是回族群众的聚居地，这里伊斯兰文化浓郁，临夏市号称是中国的小麦加，阿拉伯风格建筑遍及市区各处。

　　东乡族、保安族和裕固族是甘肃特有的三个少数民族。东乡族的民歌、保安族的腰刀及裕固族的歌舞具有浓浓的民族特色，共同构织起了陇原一道民族文化的亮丽风景。裕固族人民热情好客，能歌善舞，辽阔的草原，湛澈的蓝天，悠

解说影像，一份情怀

远的歌声，优美的舞姿，无不令人心醉。

位于青藏高原东部边缘的甘南藏族自治州，是藏族同胞的聚居地。藏族人民笃信佛教，他们以自己浓郁的地域特色和鲜明的民族风情，成为甘肃民族文化中的一枝奇葩。

位于夏河的拉卜楞寺，是甘、青、川地区藏传佛教寺院中规模最大的一座。拉卜楞寺始建于18世纪初，是格鲁派六大名寺之一。拉卜楞寺规模宏大，寺院建筑金碧辉煌，错落有致。贡唐宝塔名扬天下，佛像造型神态各异，酥油花绚丽多彩，佛教壁画丰富传神。正月的"毛兰姆"祈愿法会隆重热烈，是藏传佛教的精髓表现。

甘南草原风光旖旎，民族风情浓郁热烈，大夏河畔青草茂盛，湛蓝的天空飘荡着白云。每年夏季的"香浪节"，整个草原成了歌舞的海洋，人们身着艳丽的民族服饰，在蓝天下跳起奔放的锅庄舞，抒发着雪域高原的豪情。

甘南草原

甘南地处青藏高原与黄土高原的过渡地带，藏族同胞占总人口的50%。

神奇的甘肃

古往今来，甘肃作为古老中华文明的先行者，古代东西方文明交流的前沿和舞台，这块大地为后人留下了享之不尽的自豪和荣耀，留下了博采吸纳的开阔胸怀和不断创新的进取精神。传承文明，不仅是对人类文明成果的膜拜，更是对历史精神的继承，对生命历程的张扬。今天，实施西部大开发战略为甘肃带来了新的发展机遇，2500万陇原儿女正在铸就甘肃新的辉煌。

望陇原大地生机盎然，石化基地兰州、铜城白银、镍都金昌、钢城嘉峪关、卫星城酒泉，如颗颗新星装点着甘肃大地，新欧亚大陆桥贯穿甘肃全境，使甘肃成为中国西部地区生机勃勃的新经济园区。

古老的甘肃在复兴，崭新的甘肃在崛起。甘肃，一个充满神奇的天地，一片充满希望的热土。

（《神奇的甘肃》解说词，2001年）

甘肃旅游

　　远在 2000 多年前，雄才大略的汉武帝派遣张骞出使西域，从而打开了一扇中国通往西方世界的门户，从此，悠悠驼铃在大漠中响起，一条东起长安，西到伊斯坦布尔，绵延 7000 多公里的丝绸之路将人类的四大文明联系在了一起。甘肃，这个中国西部的内陆省份，就处在丝绸之路的黄金地段上。

　　甘肃位于黄土高原、内蒙古高原与青藏高原的交会处，境内山脉重叠，河流纵横。由于气候、地域的不同，有的四季如春，有的杂花生树，有的草木稀疏，从而形成了秀丽的、粗犷的、雄浑的各具特色的自然景色，使甘肃大地色彩鲜明、气象万千。

　　甘肃历史悠久，是中华民族的发祥地之一。黄河文明的火花最早在这里闪现，农耕文明最早在这里发端。远在新石器时代，华夏先民就在这里劳作、生息、繁衍，并为我们留下了极为丰富的史前文明遗迹。大地湾地画默默诉说着原始文化的奥秘，马家窑彩陶静静倾诉着文明初始的光彩。伏羲氏在这里诞生，创八卦，绎卦义，引导人们从浑沌蒙昧中走出，而周人的先祖在泾渭河谷地创造了种植农业，农耕文明从这里传播到华夏大地。

　　在甘肃悠久的历史文化中，以丝路文化最为灿烂夺目。"无数驼铃遥过碛，应驮白练到安西。"在神秘漫长的丝绸古道上，曾留下过多少古人的足迹，遥响过多少漫漫驼铃，甘

宽带纹三足环底彩陶钵

　　出土于大地湾文化遗址，属大地湾一期文化，现存于甘肃省博物馆。

解说影像，一份情怀

肃走廊，这条千年不变的丝路通道上，走过多少商贾使团、僧侣墨客。唐僧玄奘西天取经从这里走过，马可·波罗取道东来曾在这里驻足，历史隐退了，文明却在这里延续。

在甘肃1600多公里的丝绸之路上，到处都撒满了璀璨的文化珍宝。甘肃是中外罕见的石窟艺术之乡，以敦煌莫高窟、天水麦积山窟、永靖炳灵寺石窟为代表，省内100多处石窟寺庙、塔碑楼阁形成了一条绚丽多彩的丝路画廊，是甘肃在东西方交流重要地位的佐证。

甘肃拥有居高临下的地势、自然天成的险关和富庶丰饶的土地，自古就是民族战争争夺的焦点。在秦始皇统一中国之前的半个多世纪，秦国就曾在此筑长城以防西戎。汉武帝将长城从河西走廊向西修到了楼兰古城。明代万里长城首先从嘉峪关开始修筑。今天，烽火狼烟不再，但一段段城墙、一座座古城仍雄姿依旧，无言述说着历史的沧桑。

甘肃民族众多，民族文化浓郁。在这片广袤的大地上，生活着45个民族、2500多万人民。甘南藏族和肃南裕固族传统的藏传佛教文化，临夏回族、东乡族、保安族特有的伊斯兰教文化，无不魅力独具。悠久的历史，独特的自然风光，多姿多彩的民族风情，每年吸引着世界各地的旅游者来到这里观光旅游。

甘肃省省会兰州市，位于中国地理版图的几何中心。兰州古称金城，历史上曾是中国西北地区的军事重镇和茶马贸

金城兰州

易市场。今天，这座繁荣的现代化大都市已经成为西北地区最大的商贸中心和交通枢纽，甘肃重要的工业基地和旅游依托中心。

五泉山公园位于兰州市南兰山脚下，是一个有着2000多年历史的陇上名胜。相传西汉将军霍去病西征匈奴途经这里时，已是人困马乏、干渴难耐，霍将军挥鞭抽山，冒出五眼清泉，便有了这五泉山的名称。

兰山公园是兰州市的制高点，"自古兰山一棵树"，经过兰州人民的不懈努力，现在这里已经是一片郁郁葱葱的山林

五泉山公园

五泉山公园以五眼名泉和佛教古建筑为主，庙宇建筑依山就势，廊阁相连，错落有致。

解说影像，一份情怀

黄河母亲

　　雕塑家何鄂的作品"黄河母亲"，是兰州市的城市标志之一。

公园。站在兰山山顶，兰州全城尽收眼底。

　　一条黄河弯蜒曲折穿城而过。兰州是黄河唯一穿城而过的省会城市，20余公里长的滨河大道犹如一条绿色长廊，成为城市的一道亮丽风景。黄河岸边花团锦簇，雕塑成群。这尊黄河母亲雕像端庄典雅，饱含着人们对黄河的敬仰之情。

　　黄河北岸一座白塔屹立山顶，这就是白塔山公园。站在这里俯视黄河，可以领略到它那容纳百川、奔腾不息的博大胸襟。

　　在兰州，我们仍能看到古老的灌溉工具——水车，还有摆渡工具——羊皮筏子，乘羊皮筏游黄河别有一番滋味。

山水之城

　　黄河从兰州市区穿城而过，使这座高原山城有了几许灵秀之美。

白塔山

　　白塔、黄河、兰州城，就这样相视，一起迎接了一个个的日出日落，晨霞暮霭……

　　兰州是甘肃的科技文化中心，这里科研文化机构众多。甘肃省博物馆珍藏的历史文物和自然标本达 10 万多件，馆藏的彩陶、铜器、汉简等文物具有极高的文物价值，250 万年前的黄河古象化石保存完好，国内仅有，值得一看。

　　兰州近郊的兴隆山、吐鲁沟等森林公园是度假休闲、生态旅游的好去处。

　　从兰州出发向西而行，沿河西走廊经武威、张掖、嘉峪关、酒泉到敦煌，是一条探访丝路名胜、领略大漠风情的黄金旅游线。河西走廊绵延 1000 多公里，戈壁、沙漠、绿洲相间分布，祁连山脉陪伴相随，冰川、森林、草原垂直分布，景观独特。

　　武威是进入河西的第一大站，河西走廊东段咽喉。武威古称凉州，是国家级历史文化名城，名胜众多，中国旅游的标志"铜奔马"就出土在这里有着 1800 年历史的雷台汉墓中。武威文庙有"陇右学宫之冠"的美誉，它建筑雄伟，匾额荟萃，尽显文人墨宝，尽现陇学之久远。文庙还存有稀世

解说影像，一份情怀

武威文庙

武威文庙始建于前凉或西夏时期，是全国第三大孔庙建筑群。

珍宝"西夏碑"。海藏寺犹如海中藏林，为河西名刹。而这座罗什寺塔是为纪念高僧鸠摩·罗什所建，已有1000多年的历史。

在河西走廊最富饶的一块绿洲上，坐落着国家级历史文化名城张掖。张掖古称甘州，自古就有"金张掖"的美称。诗人赞叹张掖道："若非祁连山上雪，错把甘州当江南。"张掖大佛寺内的这尊卧佛体长34.5米，是世界上最大的室内卧佛。在大佛寺内还藏有明王朝颁赐的6000多部珍贵经书。张掖万寿寺内的木塔高32米，相传为佛祖释迦牟尼的舍利塔之一。

张掖大佛寺

张掖大佛寺始建于西夏时期，寺内安放有国内最大的室内卧佛。

山丹风光

　　肃南马蹄寺石窟成群，以三十三洞天独特的造型和金塔寺肉雕飞天最为著名。肃南裕固族为甘肃特有的民族，辽阔的草原、清澈的蓝天、悠远的歌声、优美的舞姿无不令人心醉。民俗学家认为，裕固族人和匈牙利人文化习俗有着惊人的相似之处，可能有相同的起源。

　　山丹军马场草场茂盛，是一个有2000多年历史的世界第二、亚洲最大的皇家军马繁殖基地，至今仍有一万多匹军马。山丹境内古迹众多，新近修缮的大佛寺内安放着中国最大的室内坐佛。

　　酒泉是一个充满诗意的地名，它与河西走廊众多充满火药味的地名形成了鲜明的对照。相传这里独有金泉，霍去病西征匈奴获胜后，不忍独享御赐的美酒，认为功在将士，倒酒于金泉与将士同饮，于是有酒泉之称。酒泉素以出产夜光杯久负盛名。站在城外，眺望戈壁，对"葡萄美酒夜光杯，欲饮琵琶马上催。醉卧沙场君莫笑，古来征战几人回。"所体现的悲壮豪迈有了一层更深的体会。

解说影像，一份情怀

七一冰川

"七一冰川"是整个亚洲地区距离城市最近的可游览冰川。

万里长城的最西端就是闻名天下的雄关——嘉峪关，雄关晓月令人遐思，雄伟的城楼让人们感受到刀戟交错、万马纵横的悲壮场面。嘉峪关、酒泉一带有1400多座古墓葬，多有砖画，是世界上最大的地下画廊。距此100多公里远的祁连山"七一冰川"，是冰川探险的好去处。嘉峪关国际滑翔基地，是世界上最好的滑翔训练场，在这里观赏古迹、畅游蓝天，其乐融融，难以言表。

从嘉峪关向西就到了安西境内。安西以出产美瓜著名，安西榆林窟是莫高窟的姊妹窟，西夏壁画《玄奘取经图》具有珍贵的历史与艺术价值。锁阳城为西北重要的古城址之一，来此旅游不可不看。

锁阳城遗址

锁阳城始建于汉，是汉唐时期丝绸之路上的一大古城。

鸣沙山与月牙泉

　　河西走廊的最西端，就是闻名世界的东方艺术宝库——敦煌。古代敦煌是丝绸古道上的一大枢纽，河西进入西域的最后一站。敦煌莫高窟是一座有1600多年历史的世界艺术宝库，珍藏有极其丰富的历史文化遗迹，被联合国教科文组织列为世界文化遗产。今天的敦煌已经成为世界级的旅游城市，这里有着丰富的旅游景观。当你从兰州沿丝绸古道一路前来，在这里，你可以最深刻地感受到由沙漠奇观——鸣沙山、月牙泉，还有仿宋古城、白马塔、民俗博物馆等众多景点与莫高窟所共同烘托出的丝路文化的博大精深。

　　从兰州东行到天水、平凉、庆阳等地，这是一条寻根访古、领略黄土高原风情的旅游线路。

　　天水是甘肃的第二大城市，古称秦州，是丝绸之路上的一大重镇，国家级历史文化名城。天水历史文化沉积深厚，名胜古迹遍布各处。天水秦安大地湾新石器文化遗址的考古发现，进一步证明甘肃是中华文明的重要发祥地之一。天水是"羲皇故里"，华夏民族的人文始祖伏羲氏就诞生在这里，

解说影像，一份情怀

伏羲庙

天水伏羲庙始建于明代，后经多次重修，成为全国规模最大的伏羲祭祀建筑群。

他在卦台山上创绘八卦，演绎卦义，将人们从混沌蒙昧中引向了文明。天水中心的这座伏羲庙就是人们寻根问祖、敬仰朝拜这位人文始祖的地方。天水也是秦人发祥地和三国古战场，但天水最吸引人的则是举世闻名的国家级名胜——麦积山石窟。麦积山石窟位于天水麦积山风景名胜区内，它拔地而起，形如麦垛，完好保存有194个洞窟、7200多尊神态多姿、生动逼真的雕塑，被誉为"东方雕塑艺术馆"。麦积山风景区内古树参天，景色奇特。仙人崖石窟儒教、道教、佛教三教合一，显示了中华传统文化的兼容并蓄和博大精深。天水的名胜不胜枚举，远古始祖文化、丝路文化、三国文化在这里交融荟萃，使天水成为多元文化汇聚的旅游胜地。

道教圣地、国家级风景名胜区崆峒山坐落在甘肃平凉。崆峒山山势雄奇，林木苍翠，奇峰怪石间溪流潆洄，名胜景目不暇接。秦始皇曾游历于此。传说这里是广成子修炼得道之处，黄帝曾来此问道于广成子，因而有"天下道教第一山"之称。泾川的回中山相传是王母娘娘降凡之处，西王母

崆峒山

崆峒山是中国道教名山之一，国家地质公园，国家级自然保护区。

饮宴于山上瑶池，后人在此修筑西王母宫。平凉境内著名的名胜还有崇信龙泉寺风景名胜区、泾川南石窟寺、庄浪云崖寺等。

庆阳是华夏农耕文化的发祥地。相传神农氏后稷的儿子不窋曾率周人从陕西来到此地，与鞠陶、公刘祖孙三代在这里创造了灿烂的农耕文化。庆阳民风古朴，地坑院式建筑别具一格，已有1500多年的北石窟寺是庆阳的一大名胜，165窟的七佛巨像体现了中国古代石刻艺术的辉煌。

地处甘肃南部的陇南地区属亚热带气候，风光秀丽。陇

北石窟

北石窟寺石窟始凿于北魏时期，与泾川南石窟为姊妹窟，现存窟龛308个，造像2400余尊。

解说影像，一份情怀

陇南风光

南文县是大熊猫繁育之地，天池在群峰环抱中风光奇秀，武都万象洞万象森列，成县摩崖石刻令人称绝。陇南是三国古战场，诸葛亮六出祁山曾在此建祁山堡驻扎军队，因而是领略三国文化的主要旅游线路。

从兰州南行经临夏回族自治州到甘南藏族自治州，是一条领略回族和藏族的民族风情、了解伊斯兰教文化和藏传佛教文化、品味草原风光的神奇的旅游线路，这里也是进入四川九寨沟旅游的最佳路线。

临夏是穆斯林集中聚居区，到处是浓浓的伊斯兰教文化氛围。临夏有近3000座风格各异的清真寺、拱北和道堂，成为西北地区重要的经堂教育中心。临夏是西北民歌"花儿"的故乡，松鸣岩和莲花山森林公园每年都举行盛大的"花儿会"活动。临夏的旅游景点以刘家峡和炳灵寺最为著名。刘家峡是中国自己设计建造的第一座大型水电站，在黄土高原的千山万壑间，高峡出平湖，风景壮观。炳灵寺石窟是甘肃

刘家峡水电站

　　刘家峡水电站建成于1975年，是我国在黄河上建成的第一座大型水电站。

三大著名石窟之一，位于刘家峡水库西端尽头。这里以姊妹峰为代表的奇峰峭壁形态各异，别处罕见。炳灵寺石窟以石雕艺术和摩崖佛塔见长，保留有全国最早的摩崖题记。

　　甘南位于青藏高原的东部边缘，藏族人民世代生活在这里，到处呈现出一派"天苍苍，野茫茫，风吹草地见牛羊"的草原景象。美丽的大夏河从甘南草原上穿过，每年七月，一年一度的"香浪节"在这里举行，这时的草原到处是帐篷点点，藏族风情浓郁。甘南也是外界进入藏区了解藏族人民

拉卜楞寺

　　拉卜楞寺是藏传佛教格鲁派六大寺院之一，被誉为"世界藏学府"。

解说影像，一份情怀

米拉日巴佛楼阁

民族文化最近也最便捷的地方。夏河素有"小拉萨"之称。拉卜楞寺金碧辉煌、规模宏大，是甘、青、川地区最大的寺院，世界上最大的藏传佛教学府和藏经书最多的寺院，现为藏传佛教格鲁派宗主寺之一。延续四季的宗教活动盛大而隆重，吸引着来自世界各地的朋友。合作市是甘南州州府所在地，集藏传佛教多种教派为一体的米拉日巴佛楼阁别具一格。玛曲是藏语"黄河"的意思，这里是天下黄河第一曲，每到夏季，这里就成为鲜花铺就的世界。碌曲的尕海自然保

尕海自然保护区

护区秀色宜人，自然天成的则岔石林景观令人赞叹。甘南将把你带入到一个童话般的世界。

中华人民共和国成立后，甘肃人民经过半个多世纪的不懈努力，使古老的甘肃发生了翻天覆地的巨大变化，名胜古迹得到充分保护，新的旅游景点得到不断开发，各种专项旅游活动蓬勃开展。丝绸之路摩托车、汽车拉力赛、黄河探险漂流、嘉峪关滑翔飞行吸引着世界各国的爱好者来此一展身手。寻根朝觐、民俗探访、石窟艺术修学、登山探险使四面八方的朋友相聚在了一起。甘肃民风古朴，民间艺术遍及各处，陇东的剪纸、皮影戏、香包遐迩闻名，敦煌的陶艺、酒泉的夜光杯久负盛名，临夏是"花儿"的故乡，临洮的洮砚附载文人墨客的诗文雅兴，兰州的刻葫芦及黄河奇石则名扬海外。

今日的甘肃交通设施体系完备。有兰州、敦煌、嘉峪关、庆阳等民航机场，开通了国内外20多个城市的30多条航线。兰州是西北最大的铁路枢纽，客运铁路四通八达，旅游列车为旅客提供优质舒适的服务。省内公路网体系完备，国道公路连接省内主要的旅游点，空调旅游客车免除你旅途之忧。甘肃通信事业超前发展，光纤通信、卫星通信使你可以和世界各地及时沟通。

甘肃旅游服务成龙配套，全省有国际旅行社20余家，国内旅行社50余家，高档次的星级酒店遍及全省各地的主要城

解说影像，一份情怀

市。甘肃风味小吃种类繁多，陇菜、瓜雕精致典雅，而其中的兰州牛肉拉面色美味鲜。

　　走进甘肃，就是走进了一个神奇的世界。

　　欢迎您来甘肃观光旅游。

（《甘肃旅游》解说词，2000年）

千里河西 文明长廊

——创建"河西精神文明建设模范走廊活动"成果纪实

走进河西

当面对青藏高原的余脉——马牙雪山，感受着身后蒙古高原的大漠寒风时，我们将目光西移，伸向那遥远的天际，你可曾知道，那就是中国最长的走廊地带——河西走廊。

解说影像，一份情怀

乌鞘岭

乌鞘岭为陇中高原和河西走廊的天然分界，是古丝绸之路通往长安的重要关隘。

脚下的这条公路以前曾是崎岖难行的山间小道，而它却是两千多年前由长安出发通往罗马的丝绸之路。东西方文明曾在这里相会，各民族文化曾在这里交流，此刻，我们正站在冲突与融合之间，站在历史与未来之间，站在思考与探索之间。

这是一座博物馆，展现在我们面前的是大自然的沧海桑田，是时光流动的历史定格，是创造生命伟业的顽强不屈和人类精神灵光的永恒绝唱。

河西走廊地形狭长，形如走廊，因位于黄河以西而得名。河西走廊东西绵延1000多公里，南隔祁连山与青藏高原相接，北连合黎山和龙首山与蒙古高原相望，呈现着大西北独有的两山夹峙、天高云淡的特殊景象，自古就是连接中原与西域的必经之地。

当汉武帝时期的张骞穿越河西走廊出使西域时，他绝没有想到，他打通的是人类东西方文明交流的第一条通道，从此，河西走廊便在这条世界性的大道上占据着突出重要的战

千里河西 文明长廊

河西走廊上的边塞与古城遗址

略地位。

　　河西走廊是中国走向世界的第一条通道，也是几千年来中国对外开放的最早的窗口。在这片土地上，曾上演过多少撼人心魄的历史事件，各民族人民用自己的勤劳智慧，谱写了共创中华文明伟业的宏伟诗篇。

　　西汉设立河西四郡，也拉开了大规模开发河西走廊的历史。河西走廊是我国历史上最早进行农业开发的地区之一。历史上，河西走廊曾是"山林川谷美，天材之利多"，许多地方"土沃泽饶"，盛唐时期曾有"天下富庶，扬州第一，凉州第二"的美誉。《资治通鉴》对这种繁荣盛况作了如此的描述："自安远门尽唐境万二千里，闾阎相望，桑麻翳野，天下称富庶者无如陇右。"

　　随着中原王朝政治中心的东移和海上丝绸之路的兴起，丝绸之路黄金地段的河西走廊失去了昔日的风采，而"大漠孤烟直，长河落日圆"成为人们心目中对河西走廊的写照。

　　今天，古老的河西走廊已经发生了翻天覆地的巨大变

解说影像，一份情怀

祁连山地与河西走廊上的绿洲

化，工农业生产蓬勃发展，人民生活水平不断提高，已成为大西北最具发展活力的地区。

在河西走廊上，分布着甘肃省的武威、金昌、张掖、嘉峪关、酒泉五地市，面积约28万平方公里，占甘肃全省面积的60%以上。河西走廊在甘肃省经济增长和社会发展中占据着十分重要的地位。河西是全国闻名的商品粮基地和优质农产品生产基地，特色农产品生产初具规模，全省70%的商品粮、80%的油料、90%的棉花产自河西，是甘肃省率先奔小康的地区。

河西走廊拥有丰富的自然资源。可开发的电力资源容量达360万千瓦，已探明并开采的矿产资源有80多种，其中，镍、铂、锡、铑、水晶、钙等20多种矿藏在全国居前四位。镍矿居我国第一位，世界第二位。铂族金属矿居全国第一位，世界第三位。钢铁产量居西北第一位，石油品质居西北第二位。化工、原材料、食品加工等工业在我国也占有重要地位。

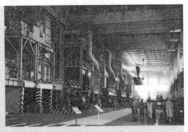

在河西走廊上崛起的现代工业

在河西走廊，敦煌莫高窟、嘉峪关关城、肃南马蹄寺、张掖大佛奇、武威文庙等古迹举世闻名。先后崛起在河西走廊的玉门"石油城"、金昌"镍都"、酒泉钢铁公司、核工业基地和卫星发射中心，与古已有之的"金张掖"、"银武威"相映成辉，共同镶嵌出共和国大西北璀璨夺目的天空。

［同期声］

在我们祖国的大西北，有一条狭长的走廊地带，这就是举世瞩目的河西走廊。

河西走廊是古丝绸之路的黄金地段，这里有人类文化'圣地'敦煌莫高窟，万里长城的西端起点嘉峪关，逶迤的万

河西走廊生态保护与城市建设

解说影像，一份情怀

里长城，辽阔的草原，浩瀚的大漠。在西部大开发的伟大进程中，河西走廊正在成为甘肃省改革开放的前沿地带，大西北的金腰带。

再造河西

河西走廊是古老的，因此，河西走廊也就拥有许多的永恒令人沉醉。那戈壁滩上伫立的烽燧，烈日下的残垣断壁，与永恒的山、永恒的戈壁默默对视，静静地诉说着河西走廊昔日的繁荣。

而当我们在乡村、在城镇，在机关、在学校、在剧院、在广场，看到为庆祝中国共产党建党80周年而举办的各种文艺活动的热闹场景时，我们深深地感受到了今天的河西各族人民在中国共产党领导下建设美好家园的豪迈热情。

中华人民共和国成立后，为改变河西地区的面貌，曾进

红崖山水库

红崖山水库位于石羊河下游，处在腾格里和巴丹吉林沙漠之间，是亚洲最大的沙漠水库。

黑河湿地自然保护区

黑河湿地国家级自然保护区是维护张掖绿洲可持续发展的重要依托。

行过两次大的开发建设。第一次是20世纪六七十年代的大规模农田水利建设，农业生产条件得到显著改善，人民群众解决温饱；第二次是80年代初开始的"两西建设"，使河西成为全国重要的商品粮基地，大部分农民生活基本达到小康水平。经过改革开放20多年的发展建设，河西的开发建设正处在由传统农业向现代农业转变，由基本实现小康向宽裕型小康迈进的关键转折时期，面临着建立健全社会主义市场经济新体制和加快实现宽裕型小康新目标两大任务。1998年底，甘肃省委、省政府做出部署，决定实施"再造河西"发展战略。1999年初，转发了甘肃省精神文明建设指导委员会关于《创建"河西精神文明模范走廊"纲要》，这是在更高层次、更高水平上对河西地区的开发建设，是共和国历史上河西的第三次创业。

"再造河西"包含丰富的内涵。它既是促进经济体制转换的发展战略，也是促进经济增长方式转变的发展战略；既提

解说影像，一份情怀

出了促进经济总量增长的奋斗目标，更反映了提高经济质量的客观要求。"再造河西"是在建立社会主义市场经济体制条件下的开发和建设，是立足于农业综合开发和可持续发展为基础，以建设高科技型、节水型、外向型、加工型、生态型和综合经济长廊为目标的发展战略。"再造河西"，不单纯是推动河西地区经济的发展，同时，要在经济发展的过程中，实现河西地区各项事业的蓬勃发展，实现河西地区社会的全面进步和人民生活水平的明显提高。

"再造河西"是在中国共产党领导下河西发展史上的一次新的创业，是推动河西迈向现代文明的变革。"再造河西"是一项复杂的社会系统工程，它依赖于河西各族人民的艰苦努力，依赖于河西各族人民的聪明才智，依赖于河西各族人民的开拓创新。文明形态的变革，是人的精神世界的重构，是人的力量的再建。实现社会主义物质文明和精神文明的协调发展，是建设有中国特色社会主义的本质要求。物质文明建

疏勒河

疏勒河是河西走廊三大内陆水系之一，与石羊河、黑河共同维护着河西走廊绿洲生态系统。

祁连山下的花海

保护生态环境，转变发展方式，是实现河西地区可持续发展的重要保障。

设在迅速发展的同时，也需要与之相适应的精神文明建设共同发展。

与"再造河西"同步开展的创建"河西精神文明模范走廊"活动，是在新的形势下，对区域精神文明建设的规律和特点的大胆实践，是贯彻"三个代表"重要思想的创造性实践。创建"河西精神文明模范走廊"，就是紧密围绕"再造河西"发展战略的要求，以思想道德建设、科学文化建设、环境卫生建设和宣传文化事业的基本建设为工作重点，以开展创建"四城"、"四村"、"四线"为主要内容，充分发挥河西走廊的优势，在全省两个文明建设中，率先把河西五地市建成全省精神文明模范地区，为"再造河西"创造良好的社会条件，提供精神动力、智力支持和思想保证，推动河西率先跨入宽裕型小康行列。

1999年，甘肃省精神文明建设指导委员会在嘉峪关市召开大会，全面部署开展创建"河西精神文明模范走廊"活动。中央文明办全文转发了《创建"河西精神文明模范走廊"纲要》，在全国范围内产生了广泛影响。河西各地市积极响应，围绕《创建"河西精神文明模范走廊"纲要》的要求，结合各地的实际情况和特点，制定出本地区的实施意见，创建活动在河西的广大城镇和乡村全面开展起来。

这雄伟的关城早已失去了昔日的军事功能，今天，它矗立于茫茫的戈壁上只是作为一个文化符号显示着它的历史价值。但是，听到这震耳的鼓声，我们感知的却是河西人民在"再造河西"、实施西部大开发伟大实践中的信心和他们的呐喊。

西部明珠

说起河西走廊，人们不能不提起丝绸之路，不能不提起往日的丝路重镇武威、张掖、酒泉、敦煌……它们中的任何一个，都有许多神奇的故事可以诉说。而在今日的河西，更不能不说在戈壁滩上崛起的新兴城市金昌市和嘉峪关市，它们虽没有古老的历史，甚至它们都还十分年轻，但它们是共和国的骄子，是闪耀在西北高原上的明珠。

创建"河西精神文明模范走廊"，建设文明城镇是十分重要的内容之一。为此，甘肃省精神文明建设指导委员会在《创建"河西精神文明模范走廊"纲要》中明确提出了开展

千里河西 文明长廊

"四城"创建活动，即在河西五地市及县、乡政府所在城镇，深入开展创建科技、教育、文化、卫生先进城镇活动，不断提高城市文明水平，经过5年努力，85%以上的城镇要达到省级文明城镇水平。通过创建文明城市活动，造就城市优美的环境、优良的秩序、优质的服务，为区域经济的发展创造良好的社会环境和投资环境。

嘉峪关市，这座以明代万里长城西端起点——嘉峪关关城命名的城市，是创建"河西精神文明模范走廊"的试点城市。在深化创建文明城市的活动中，嘉峪关市将"以法治市"与"以德治市"相结合，多形式、多层次地开展创建文明单位、文明行业、文明村镇、文明学校、文刚班组和文明家庭活动，全面提升人们的思想道德素质和科学文化素质。

嘉峪关市在为现代文明建设塑造精神的同时，城市建设的速度也是惊人的。2000年，他们共投入6650万元，实施了城市硬化、绿化、美化、净化、亮化工程，对城区主要街

嘉峪关市

嘉峪关市位于河西走廊中部，现为西北地区重要的钢铁生产基地，新兴的工业旅游城市。

区的人行道进行了改造，全部铺设了彩色釉面花砖，兴建了3万平方米的雄关广场，将市郊双泉水引入城，建成了24公顷、储水135万立方米的迎宾湖，使戈壁钢城充满了生气和灵气。2001年上半年投资1000余万元，完成了近300公顷的绿地种植，使绿化覆盖率由过去的14%增长为21.97%；实施了暂住人口"安居工程"，把暂住人口纳入规范化管理，统一修建了住宅区，消除了乱搭乱建各类违章建筑现象；近两年他们共投资1.03亿元，建立了以政府网、企业网、公众网为核心的计算机网络体系，形成了全省第二大网络平台，极大地提高了在市场经济大潮中的快速反应能力。

紧扣建设文明城市的目标，占全市城市人口三分之一的酒钢公司把精神文明建设与建立现代企业制度相结合，将"在企业做文明职工，在社会做文明市民，在家庭做文明成员"渗透在职工思想道德建设中，并加大投资，创建文明厂区和文明住宅小区。近年来，酒钢公司先后被评为全国思想政治工作先进单位和省级文明单位，所属二级厂矿中有90%

戈壁新城——嘉峪关市

酒钢公司

酒钢始建于1958年，是国家"一五"期间重点建设项目之一，我国西北地区最大的钢铁生产基地。

以上都是市级文明单位。

铁路、民航、金融、电力、邮电等各个行业都积极参与全市创建文明单位活动，广泛开展了"共建杯"、"金融杯"、"双学杯"等"十杯"竞赛活动和文明单位创建活动，"人人都是城市形象，人人都是投资环境"已成为全体市民的自觉意识。目前，全市有300个单位进入了不同层次的文明单位行列，占全市单位总数的91%。

人造环境，环境育人。创建文明城市活动带来了城市价值的攀升。近年来，嘉峪关市先后获得"全国卫生城市"、"全国城市环境综合整治优秀城市"、"中国优秀旅游城市"、"全国爱心献功臣行动先进城市"、"全国双拥模范城市"和"省级文明城市"称号，人和人、人和物，精神和经济、经济和环境的整体协调发展，使嘉峪关市社会经济得到健康快速发展，2000年，全市人均国内生产总值和人均财政收入均居全省第一。

解说影像，一份情怀

嘉峪关关城

　　雄伟的嘉峪关关城，辽阔壮观的塞外风光，与现代新兴城市的宜人景象交相辉映，古老与现代、苍茫雄浑与秀丽旖旎交织于一体，为这座城市增添了无限魅力。一座凝结着现代物质与精神文明灿烂之光的新型工业旅游城市正蓬勃兴起。

　　榜样的力量是无穷的，一个典型就是一面旗帜。

　　金昌市是建立于戈壁滩上的新型工业城市，是我国镍工业基地和铂族金属提炼中心，具有雄厚的工业基础。在创建"四城"活动中，全力实施了以文明形象、绿化美化和文明社区为主要内容的共建美好镍都"八大工程"，投资1600万元

"镍都"金昌

　　金昌地处河西走廊中段。金昌缘矿兴企、因企设市，因盛产镍被誉为"祖国的镍都"。

酒泉市

酒泉为汉代河西四郡之一，自古是中原通往西域的交通要塞，丝绸之路的重镇。

完成了人民广场主体雕塑、城标和大型电子显示屏等配套建设，实施了城市亮化工程。

酒泉市坚持"跳出老区建新区、建好新区带老区"，"新区抓框架、老区抓美化、整体促提高"的思路，在原有12平方公里老城区的基础上，又扩建8平方公里，使市区面积增加了三分之一。

张掖市投资266万元建成了"金张掖信息港"，投资580万元建成了信息中心，实现了与国家信息中心、科技部信息

张掖市

张掖地处河西走廊中段。张掖古称"甘州"，是丝绸之路重镇，有"金张掖"的美誉。

解说影像，一份情怀

武威市

　　武威古称凉州，"通一线于广漠，控五郡之咽喉"，是丝绸之路上的要冲和重镇。

通道和全国百市信息网的联网，加快了科技兴市战略的实施。

　　武威市实施了"名城形象塑造工程"，在城市基础建设、环境卫生绿化、优质服务、营造优良秩序方面有了新突破，化解了过去"硬环境不硬，软环境不软"的老大难问题，使城市形象、城市文明化程度有了跳跃式的大发展。

　　创建文明社区是创建文明城市的内在要求，是我国经济社会发展的客观需要，也是广大群众对提高生活质量和优化生活环境的迫切要求。河西各地市在全面推进创建文明城市的工作中，将创建文明社区列为工作重点，先后涌现出张掖新乐花园小区、武威富民花园小区、武南阳光小区、嘉峪关雄关小区等一批标准化住宅小区，文明社区建设取得良好成果。

　　张掖市新乐花园住宅小区，是张掖市改善城市投资环境、实施安居工程而兴建的住宅小区。新乐小区围绕精神文明建设，狠抓优化育人环境的形象工程、依法治区的保障工程、物业管理的基础工程、社区经济建设的繁荣工程，使得两个文明建设取得了显著的成绩，先后获得全国城市物业管理优秀住宅小区、全国青年文明社区、省级文明小区等荣誉称号。

创建"四城"活动，极大地促进了河西五地市城市建设各项事业的发展，城市面貌焕然一新。武威、金昌、张掖、嘉峪关、酒泉、玉门、敦煌，这些西部地区的明珠城市各具特色，它们自东向西，连为一体，构成了欧亚大陆桥兰新线最具活力的城市经济带，带动着整个河西地区经济和社会的快速协调发展。

希望沃野

巍巍祁连绵延西去，绿洲草原陪伴相随。

改革开放以来，在党的富民政策激励下，河西各地市的广大人民群众依靠自己的勤劳智慧，充分利用河西丰沛的水土资源、光热资源，努力改善农业生产条件，使河西成为甘肃省率先奔小康的地区。

随着我国经济体制改革的不断深化，社会主义市场经济体制的形成和完善，农业产业化发展和建设现代农业对河西的广大农村提出了新的要求，因此，在"再造河西"战略中，将河西地区农业发展问题作为促进河西发展的首要问题

解说影像，一份情怀

蓬勃发展的河西走廊特色农业

列为战略重点，予以了充分重视。与"再造河西"战略相配套，建设现代新农村也就成为《创建"河西精神文明模范走廊"纲要》中的一项重要组成部分。

围绕农村精神文明建设的要求，《创建"河西精神文明模范走廊"纲要》对河西的广大农村明确提出了"四村"建设目标。在广大的农村，围绕乡镇建设，积极开展创建"四村"活动，经过5年的努力，80%以上的乡镇实现：村村通车、通电、通水、通邮、通电话；村村道路硬化、"四旁"绿化、村容美化、净化；村村有广播电视室、文化图书室、体育场地、农民夜校；村村农户改院、改厨、改水、改厕、改圈。

文明村镇建设量大面宽，是创建"河西精神文明模范走廊"活动中的难点工作。

河西各地市在创建"四村"活动中，充分重视农村基层党组织建设，发挥基层党组织的先锋模范作用，以促进农民进市场、提高生活水平和生活质量、迈向科学文明的生活方式、建设社会主义新农村为目标，以农户为基础，以小城镇建设为重点，深入开展思想道德教育、科学知识普及、农村思想文化阵地建设、"十星级文明农户"创评、文明小城镇建设等活动。

临泽县在创建河西精神文明模范走廊的活动中，优化载体，精心组织，全方位、多层次地开展了"十星级文明社"、文明乡镇、"星级"系列创建活动；文明楼院、文明单位、文明行业、文明一条街创建活动；安全文明小区、科普文明村、计划生育"六好"合格村创建活动；地级教育、文化、卫生、体育、科技"五乡"先进乡镇创建活动；"十村百社千户"文明示范点创建活动。这五个层次的创建活动涉及了农村精神文明建设的各个方面，由农户到社、由社到村、由村到乡镇，形成了一个系统的工作链条，使农村精神文明建设的各项任务落到了实处，收到了明显的效果，先后获得全国教育、科技、文化、卫生、体育、社会治安综合治理先进县、全国文明村镇示范县、全国创建文明村镇先进县等20多

临泽县乡镇文化活动中心

解说影像，一份情怀

文明村镇建设示范点

项荣誉称号。

高台县是西路军浴血奋战过的地方，被列为甘肃省"四村"创建试点县。两年来，他们把创建"四村"当作农村精神文明建设的龙头项目，列入"一把手工程"，做到了"思想上有位子，高度重视，列入议程；组织上有班子，专设机构，配备专人；工作上有路子，制定计划，分步实施；活动上有案子，纳入计划，逐年增加；实施上有果子，办好实事，抓出成效"，形成了以文明村镇为示范点、以公路沿线连成线、以广大乡村"十星级文明农户评选活动"形成片的抓点、连线、带面的工作新格局，实现了两个文明建设在更高层次上的协调发展。

古浪县是甘肃省有名的国家扶持贫困县，也是甘肃省"四村"创建试点县之一。在"四村"建设中，他们把乡镇宣传文化中心建设当作突破口，在中央文明办的关心帮助下，加强领导，精心组织，因地制宜，合理布局，落实资金，强化管理，明确职责，完善机制，先后建起了7个乡镇宣传文化中心。这项工程已成为"党委高兴、政府欢迎、群众满意"的"民心工程"、"德政工程"、"样板工程"，成为农村精神文明建设的主阵地、促进经济建设的重要基地、乡镇文化交流的中心，也成为乡镇一流的文化娱乐场所，是农民最爱去的地方。

按照"四村"建设的要求，河西各地市充分重视城镇对乡村的辐射作用，以抓好文明城镇建设为龙头，深入开展了各具特色的创建活动。

酒泉市"绿色通道"工程全面启动。这项工程途经肃州、玉门、安西、敦煌等县市区，总长度554公里，总投入6831万元。项目建成后，全市可新增土地面积4.12万公顷，沿线的主要城镇绿化覆盖率可达到15%，沿线旅游景点全部达到园林化标准，2.9万公顷的农田可以得到更加有效的保护。酒泉市已有42个乡镇联入国际互联网，使农民可以运用现代信息技术了解市场动态、安排农业生产，提高了经济效益。

张掖市突出工作重点，扎实有效地开展了创建"教育、

河西地区公路沿线的防护林

解说影像，一份情怀

特色农业在河西走廊蓬勃发展

科技、文化、卫生、体育"先进乡镇的活动，促进了农村教育、科技、文化、卫生、体育事业的快速发展。甘州区投资2480万元建成了集农、林、工、牧、贸、餐饮娱乐为一体的石岗墩高科技示范园区，先后引进以色列电脑自控温室的西红柿、黄瓜、人参果、无花果栽培新技术、新品种28项，建成平移式喷灌田1000多亩，成为科技兴农的典范。

武威市在创建"河西精神文明模范走廊"活动中，充分重视发挥典型示范、模范引路的作用。民勤县薛百乡宋河村原党支部书记石述柱同志，几十年如一日，带领群众治沙造林，改善生态环境，使宋河村这个腾格里沙漠边缘的小村庄发生了巨大变化，走出了一条"治沙治穷奔小康"的路子，赢得了群众的赞扬与拥戴。武威市积极宣传石述柱同志的奋斗精神，推动了创建"河西精神文明模范走廊"活动在武威地区的深入发展。

农业产业化发展离不开农业科技的普及和推广。河西各地市坚持科教兴农战略，强化种植、养殖基础工程、富民工程，不断把科学技术转化为现实生产力。同时，大力开展农业技术普及推广工作，通过开展"科技月"、"科技周"和"三下乡"等活动，采取多形式、多途径对广大农村群众进行农业实用技术培训，普及科学精神，增强科技意识，使群众运用科学技术勤劳致富的意识明显得到提高，涌现出了一批全国科技工作先进县市。据统计，整个河西科技对农业的贡献率达50%以上，义务教育"四率"达93%以上，正向富裕型小康迈进的农民，一有空闲，都要往各乡村设立的科技站、文化室里钻，农民学文化、重科技、跑市场、创造新生活的热情和追求，促进了城乡一体化建设进程。

"河西精神文明模范走廊"创建活动，促进了河西广大农村的思想道德建设工作，提高了人民群众科学文化素质，涌现出了一批像永昌县朱王堡镇、武威市黄羊镇、高台县南华镇、酒泉市总寨镇、临泽县平川乡等一批全国文明乡村镇创建先进单位，使河西地区广大农村的面貌发生了可喜的变

农业科技助推河西农业

化。农业是国民经济的基础，河西广大农民群众在现代文明的引领下，正在向宽裕型小康迈进。

古道新风

这驼铃在空旷的戈壁滩上曾摇曳了千年，大西北人用双脚踩出的这条光照千古的丝绸古道，串接起了河西走廊一个个城镇，一座座村庄，造就了河西丰厚的历史文化。

今天，这笔直的钢轨，这平坦的公路，又将河西走廊古老的历史文化与崭新的现代文明连接了起来。

河西走廊地形狭长，国道312线、兰新铁路、欧亚航路贯通整个河西，与河西各地丰富的旅游资源连为一线。针对公路、铁路、民航、旅游等窗口行业的精神文明建设，《创建"河西精神文明模范走廊"纲要》明确提出了"四线"建设目标，即依托河西基础设施、文化资源、驻地军警等优势，将河西地区的公路线、铁路线、航空线、旅游线全部建设成省

穿行于河西走廊

级文明线，这是创建"河西精神文明模范走廊"一项重要而富有特色的内容。

公路是发展经济的命脉，同样也是传播精神文明的载体。国道312线贯穿整个河西走廊，在创建"河西精神文明模范走廊"文明公路线的活动中，河西各地区以"国道312线部级文明样板公路建设"活动为契机，积极调动群众的参与意识，以提高道路建设水平和交通服务质量为重点，以净化、绿化、美化交通环境为突破口，拆除违章建筑2000余处，拆除残墙断壁1500余处，拆除乱设广告牌匾近万块，清理马路市场100余处，清理白色污染，使312国道及沿线城乡文明程度得到进一步提高。

公路交通建设系统把文明样板公路建设列为工作的重点，集中人力、财力、物力，精心筹划安排，制定了具体的规划方案和实施细则，广大公路职工艰苦奋斗，确保路况良好，行车舒适，路容整洁、美观，公路养护管理及收费部门基本实现了优美环境、优良秩序、优质服务。

公路养护保障了现代丝路的畅通

解说影像，一份情怀

河西走廊公路沿线风光

交通治安管理系统开展了创建河西走廊"千里平安大道"活动，以"交通安全畅通，治安秩序良好，执法公正文明，警务保障有力，人民群众满意"为目标强化公路沿线治安管理，维护公路交通安全畅通。

河西各地市在实施区域经济与社会发展的总体规划中，把交通置于重要战略地位，把文明样板公路建设作为发展经济、加强精神文明建设的基础工程来抓，把文明样板公路建设与创建文明单位、文明村镇、文明小区、文明城区相结合，在治理、管理、巩固等方面相互衔接，形成了相互制约、相互促进、共同发展的良性循环，为文明样板路建设注入了新的活力。

如今，乘车行驶在这平坦如砥的公路上，神奇的丝路风光在车窗外闪过，创建文明公路线的活动，大大提高了沿线管理水平和道路通行能力，有力地推动了沿线城乡的经济发展和社会进步。

兰新铁路纵贯河西走廊，以武威为枢纽，东与陇海线相接，西与北疆铁路并轨，形成了一条横贯我国东西的铁路大动脉。兰新线在河西走廊的长度占整个兰新线长度的65%，它在我国铁路网和亚欧大通道中占有重要地位。

武南铁路分局是河西走廊境内干支线铁路运输的承管分局。随着运输市场竞争的日益激烈，武南铁路分局充分重视精神文明建设工作，以抓队伍素质为突破口，强化管理，大力普及新技术和新装备，努力提高市场竞争能力，为西北地区的经济建设和社会发展多做贡献。在提高铁路服务工作水平方面，在全路段相继开展了铁路服务职业道德教育和以"诚心待客，热情服务，争当精神文明建设的火车头"为主要内容的站车文明服务竞赛活动，通过树立典型，发挥先进的示范引导作用，促进了服务质量的提高，塑造了铁路良好的企业形象。

嘉峪关铁路部门投资近千万元，对铁路沿线垃圾进行了彻底清理，对火车站广场进行了集中整治。经过积极争取，共同努力，2000年开通了嘉峪关号和酒钢号列车，方便了旅

行驶在河西走廊上的列车

解说影像，一份情怀

穿越河西走廊的钢铁长龙

客，赢得了良好的社会反响。

嘉峪关机务段是全国精神文明建设先进单位。嘉峪关机务段立足戈壁的艰苦环境，面对市场竞争的种种挑战，克服重重困难，坚持"两手抓，两手都要硬"，坚持"以人为本"的管理思想，用"拼搏进取，争创一流"的企业精神教育人，凝聚人，培育出了具有机务段特色的企业文化，推动了两个文明建设的健康发展。嘉峪关机务段在精神文明建设工作中，加强领导，完善制度，不断增强精神文明建设的合力。在实践中，他们突出特色，注重企业文化建设，不断拓展精神文明建设的内涵，在工作效果上，他们立足实际，强化教育，不断增强精神文明建设的实效性。精神文明建设确保了企业各项工作的全面完成，为企业的发展提供了有力保障。

欧亚航路的开通，促进了甘肃民航事业的发展。河西地区现有嘉峪关和敦煌两个机场，甘肃省民航管理局充分重视河西民航文明线建设，积极利用国家实施西部大开发战略的有利时机，加强河西地区机场建设，改善河西地区航空运输条件，为河西的发展创造良好的民航交通环境。嘉峪关机场和敦煌机场在创建"河西精神文明模范走廊"活动中，以文明行风建设为重点，加强管理，努力提高机场服务质量，为中外旅客提供优质服务。与此同时，开通了嘉峪关到兰州、到西安、到北京的空中航线，成立了包机公司，敦煌机场改扩建工程正在进行中，嘉峪关机场改扩建工程即将全面启动。

丝绸之路是人类文明交流的大通道，曾创造了辉煌灿烂的丝路文化。河西走廊是丝绸之路旅游的黄金路段，神秘的丝绸古道，遍撒着丰富的旅游资源。河西走廊神奇的自然风光，丰富的人文景观，多姿多彩的民族风情，吸引着成千上万的国内旅游者来这里观光旅游。

旅游是人类精神文明发展到一定阶段的产物，旅游业也是社会主义精神文明建设的重要组成部分。建设河西走廊文明旅游线，是实施西部大开发战略的重要举措，对于推动旅

河西走廊多姿态多彩的自然景观

解说影像，一份情怀

酒泉卫星发射中心

酒泉卫星发射中心，是我国建成最早的运载火箭和卫星发射中心。

游业建设，培育河西走廊新的经济增长点发挥着重要的促进作用。

河西走廊各地区在创建河西走廊文明旅游线的工作中，充分挖掘当地的文化旅游资源，加强旅游行业的精神文明建设，培育自己的旅游品牌，使河西走廊成为国内外著名的黄金旅游线。

酒泉地区新开通了酒泉到航天城、酒泉到敦煌等7条旅游线，旅游业已成为酒泉地区新的经济增长点。金昌市积极开发古城遗址、圣容寺、汉长城等旅游景观，开展优质文明服务竞赛活动，服务水平得到明显提高。

肃南裕固族自治县生活着甘肃特有的少数民族裕固族。裕固族人民充分利用当地的文化旅游资源优势，以旅游业带动民族经济的发展。树林青草间帐篷点点，欢歌笑语中游人宾至如归。马蹄寺神奇的佛教石窟艺术与浓郁的裕固族民族风情在这里融合，裕固族少女欢快的舞蹈抒发着她们对创造

肃南县马蹄寺景区

美好生活的信心。

　　敦煌是世界闻名的旅游胜地，大漠戈壁中一颗熠熠生辉的明珠。世界上现存最伟大的石窟艺术宝库——莫高窟，岁月千古的阳关、玉门关，大自然神奇造化的鸣沙山、月牙泉，无不令人神往。敦煌市是全国第一批开放城市。在建设文明旅游城市的过程中，敦煌市充分重视城市的旅游基础设施建设，加强城市管理，以文明的城市风范，树立起敦煌这块闻名中外的旅游品牌。莫高窟与鸣沙山月牙泉两个风景区已通过国家级风景旅游区验收，敦煌市已列入了"中国优秀旅游城市"的行列。今天的敦煌，中外游客如织，人们在这

敦煌雅丹地质公园

里体会莫高窟博大精深的石窟艺术，领略鸣沙山、月牙泉构织的大漠奇观，深切感受着丝绸之路文化的多姿多彩。

历史的沧桑曾将丰腴的土地变成不毛之地，但是，时光没有毁灭人类建设美好家园的理想。河西的昨天已经成为历史的陈迹，创建"河西精神文明模范走廊"，却使这条千年不变的通道，在向人们讲述它久远的历史故事的同时，又将人们带向那美好的明天。

文明长廊

创建"河西精神文明模范走廊"，是实施西部大开发战略，确保"再造河西"目标顺利实现的重要保证。创建"河西精神文明模范走廊"，是在新形势下，紧密围绕经济建设这个中心，从理论和实践的结合上，对区域性精神文明建设的规律和特点的进一步探索。创建"河西精神文明模范走廊"活动，将思想教育与道德实践相结合，软件建设和硬件建设相结合，"依法"与"依德"相结合，先进性与广泛性相结合，巩固提高与深化拓展相结合，表现出全局性、系统性、人民性、思想性和社会性等鲜明的时代特点。实践表明，它是在新形势下实践"三个代表"重要思想的有效形式。

精神文明重在建设，精神文明建设重在实践。两年多来，河西各地市解放思想，开拓创新，创造性地开展精神文明创建活动，使创建"河西精神文明模范走廊"活动在河西的广大地区产生了深远的影响，有力地促进了河西地区经济建设和城乡各项事业的发展。河西广大城镇和乡村面貌焕然一新，一个经济发展、社会进步、人民富裕、文明开放的新河西正在陇原大地上崛起。

创建"河西精神文明模范走廊"，使思想道德教育取得了显著成效，广大干部群众在创建活动中加深了对"三个代表"重要思想深刻内涵的理解，提高了认识，有效地增强了学习"三个代表"、实践"三个代表"的自觉性和主动性。通过开展社会公德、职业道德、家庭美德以及青少年的养成教育，促进了良好社会道德风尚的形成，社会风气、治安状况明显好转。通过加大科普宣传，普及了科学知识、科学思想、科学精神和科学方法，提高了广大干部群众崇尚科学、反对迷信、抵制各种歪理邪说的自觉性，养成了文明健康的生活方式。

创建"河西精神文明模范走廊"活动，推动了河西五地

全国优秀旅游城市——嘉峪关市

解说影像，一份情怀

腾飞的镍都——金昌市

市精神文明建设活动的深入发展，河西五地市20个县市区中，有9个建成全国科技先进县市，7个建成教育先进县市，6个获得全国文化先进县称号，8个获得全国卫生城市称号。一半以上的县市已建成全省科技、教育、文化，卫生先进县市，已有两个地区、11个县市建成省级文明城市和精神文明建设先进县。

河西五地市中，嘉峪关市已率先完成了"四村"建设任务，金昌、酒泉两地市即将完成，张掖、武威两地市"四村"建设任务也已完成过半。

"四线"建设使河西五地市精神文明创建活动联为一体。文明公路线、铁路线、航空线、旅游线如四条彩链，塑造出了绵延千里的河西文明长廊。

创建"河西精神文明模范走廊"，深刻地改变着河西的面貌，河西人心思变，人心思进，他们用自己勤劳的双手，在古丝绸之路的土地上谱写出了一页又一页光辉灿烂的华章。一大批文明城市、文明行业、文明小区、文明单位、文明村

千里河西 文明长廊

镇迅速崛起，正在推动河西走廊在西部大开发的伟大实践中，重振丝路雄风，使河西这个西部的"金腰带"变成一个点、一个面，一个中国西部摆脱贫困落后，奔向富裕文明的"金色走廊"。

这匹腾空的天马，是一种开拓精神的象征。这件创作于1700年前，表现马的精美艺术品，把中华民族积极进取、勇于超越的从容和自信表现得淋漓尽致。今天，这匹出土于河西重镇武威雷台汉墓中的铜奔马，作为中国旅游标志享誉世界。

马，蕴含着勇士的灵魂。如果说，河西是古代英雄的舞台，马，就是这个舞台上不可替代的道具。几乎所有的英雄传奇，都是从马背上生长出来的。

如今，西部大开发激励大西北人奋发图强的，正是那种"马超龙雀"的精神力量。

千里河西，文明走廊。"河西精神文明模范走廊"建设，

马超龙雀

　　出土于武威市雷台汉墓，现为中国旅游标志。

解说影像，一份情怀

丝绸之路黄金段——河西走廊

示范和带动了甘肃省精神文明工作的深入开展。从黄土高原到千里草原，从黄河两岸到长城内外，精神文明之花正在陇原大地上绽放。

312国道甘肃境内部级样板路建设、陇海铁路兰天段文明样板路工程、白兰高速公路文明路建设、兰朗公路文明线建设、兰州黄河风情文明旅游线建设、兰州中川机场改建文明样板工程等一大批精神文明基础设施建设开展地有声有色，成为传播精神文明的重要阵地。兰州、白银、天水等一批区域性中心城市的迅速崛起，与武威、张掖、金昌、嘉峪关、酒泉、敦煌等城市一起构成了绵延甘肃全境的文明城市长廊。各地区结合自身的实际，大力开展精神文明创建活动。庆阳长甜公路精神文明一条线活动，平凉文化长廊建设工程，定西以科技、教育、文化、卫生、双拥为主题的"五城"建设，白银沿黄精神文明示范工程等一批精神文明示范工程相继实施，对提高广大群众的思想道德素质和科学文化素质发挥了积极作用。精神文明建设为西部大开发、甘肃大

千里河西 文明长廊

发展提供了有力的精神动力、思想保证和智力支持。甘肃全省人民在中共甘肃省委、省政府的领导下，正在奋发努力，用勤劳和智慧铸就陇原新的辉煌。

（《千里河西 文明长廊》解说词，2001年）

羲皇故里 龙城天水

　　龙园，这座崭新的皇家园林式建筑并不为世人所熟知，然而，当我们走进成纪殿，面对着一尊尊栩栩如生的塑像，我们却发现仿佛再次翻开了早已熟悉的华夏文明史，透过历代贤人不朽的历史创造，感受着羲皇故里——天水人民的自豪与骄傲。

　　天水，得名于"天河注水"之说，这里曾孕

羲皇故里 龙城天水

天水龙园

育了中华文明最早的创世神话，是中华民族最重要的发祥地之一。在华夏创世神话中，被尊为三皇之首的伏羲氏就诞辰于天水。他肇启文明，使人们走出了混沌愚昧，开创了华夏文明的先河。远古时代的人们将他图腾化，成为遨游天空的神龙。今天，在这位远古智者面前，在天水的历代贤人面前，在恢宏的成纪殿前，一项壮观而又意义深远的活动即将举行。

[串场主持]

当人类第三个千年纪元的曙光照耀在神州大地时，曾经在龙城天水工作过多年的李炎黄先生，在我国改革开放的前沿城市深圳，用巨笔在1500多平方米的黄布上书写了巨大的"龙"字，这幅气势恢宏的书法作品，表达着华夏儿女弘扬龙的精神，团结龙的传人，期盼祖国统一的博大胸怀和爱国热情。今天，这条巨"龙"来到了它的发祥地天水，龙城人民以极大的热情迎接着它的到来。

（迎"龙"仪式）

解说影像，一份情怀

古老的东方，一条滔滔不息的大河，奔腾着穿越了这苍苍茫茫的黄土高原，在这里，水土相融，一个黄皮肤的民族孕育而生。这苍茫一色黄色丰厚的土地就是我们中华民族的老家。

远古时代，人们逐水而居，在黄河最大支流的渭河流域，一个不朽的伟大部落，就在这里留下了它令人惊叹的文明遗迹。距今7800年前的大地湾文化，充分证明这里是中华文明重要的发祥地之一。

这是位于天水市秦安县五营乡的大地湾古文化遗址，它依山傍水，保存了距今约7800年到4800年前极为丰富的新石器时代早期文化遗存，涵盖了大地湾一期文化、仰韶文化早期、中期、晚期四个阶段。大地湾古遗址总面积超过了32万平方米，文化层厚度平均在2米以上，是一处完整的原始部落群遗址。

大地湾古文化遗址不仅规模宏大，而且具有十分重要的文物考古价值。

大地湾新石器文化遗址

羲皇故里 龙城天水

大地湾地画和鱼纹彩陶盆

这是在大地湾古文化遗址中发现的地画，古朴的笔调所描绘的人与动物的形象，使它成为我国迄今发现的时代最早的绘画作品，将中国美术的绘画历史上移到了5000多年前。这件大型环底鱼纹彩陶盆，其工艺和艺术价值为同类器皿之冠。

今天，当我们再次来到大地湾寻古时，首先扑入眼帘的就是山间耸立的这座带有古建筑风格的现代建筑，里面完整地保存着我国新石器考古发现中规模最大的建筑遗址——史前殿堂遗址。它静静地躺在陇中黄土高原的怀抱里，向人们述说着远古历史的沧桑，展示着5000年前原始部落的辉煌。历史学家给予它这样的评价："这座建筑奠定了中国宫殿制度的基本格局。"

历史的久远使我们无法确切地了解原始先民们的精神世界，但是，在这两件人面鲵鱼彩陶上，我们看到中华民族所顶礼膜拜的精神象征——龙的最初形象，它们都出土于天水，为距今5200年前新石器时代文物。彩陶上的人面鲵鱼，

解说影像，一份情怀

脸似人面，颌下有须，被人格化为传说中的伏羲人首蛇身形象，成为华夏创世传说中的神龙。

天水充满神奇，它的神奇就在于它与人文始祖伏羲联系在了一起。在华夏文明的创世神话传说中，伏羲创八卦、定历法、造书契、兴嫁娶、授渔猎、制礼乐，为中华民族的起源和发展做出了伟大的贡献。

天水卦台山，是伏羲创绘八卦的地方。在这座山上，伏羲上观日月飞禽，下察山石走兽，自然界万事万物的玄妙运动触动了他的灵感，画下了代表自然界天、地、雷、风、水、火、山、泽等的八卦符号。从八卦中，我们可以看到原始先民对于自然和生命的认识，找到中国古老哲学思想的萌生点。

神话传说毕竟是神话传说，但它从一个侧面反映了生活在天水大地上的原始先民创造文明的不朽业绩，反映了他们

卦台山

卦台山位于天水市区以北20公里处的三阳川西端，相传这里是伏羲创绘八卦的地方。

从蛮荒时代走向文明过程中的创新精神。伏羲的伟大，绝不是单纯的个体的人的伟大，而是一个时代的伟大，是原始部落氏族历经不断的努力走向文明时代的伟大。伏羲，是一个历史时代的象征。伏羲时代，在中华大地上，母系氏族社会逐渐转化为父系氏族社会，原始农业逐渐取代了原始畜牧业，各氏族部落间相互融合，并最终汇聚成了中华大地上博大的文明力量。华夏文明走过了它的萌生期，开始了向辉煌阶段的不断跃进。

伏羲的时代已经离我们十分遥远了，对于那个时代发生的故事，我们无法再去做更深入的考证，但那个时代却是一个伟大的时代，那个时代为我们民族的今天留下了向心力，使华夏儿女找到了自己永远的根。

[串场主持]

位于天水市区的这座伏羲庙，是全国最早、最大的伏羲庙，它重建于明代，后经多次修缮，形成了规模宏大的建筑群。这里已成为海内外龙的子孙敬仰先圣、寻根问祖的重要圣地。每年农历五月十三，相传是龙祖的生日，这里都要举行盛大的祭祀活动，以纪念龙祖羲皇。

（伏羲祭典活动）

龙，是中华民族的象征，龙，是华夏图腾，是中华精神。龙的智慧，龙的胸怀，龙的力量，无时无刻不在神州大地上回荡。

解说影像，一份情怀

天水是华夏文明的摇篮，是龙的故乡。在龙城久远的历史中，龙的精神并未因历史的沧桑而消隐，并未因时代的更迭而淡漠，它被不断地注入新的内容，并随时代的发展而得到光大。

天水，山水文化并存，南北风情并茂，是中国西部一颗璀璨的明珠。南秀北雄的风光，润泽了它历史的辉煌灿烂和文化的多姿多彩。据《史记》记载，秦人的先祖就是生活在天水的一个以畜牧业为主的部落。经过数百年的苦心经营，秦的势力发展到关中西部，并最终完成了统一中国的大业，从此，天水作为秦文化的发祥地载入史册。

在天水辉煌灿烂的历史中，涌现出了一批杰出的历史人物。这是被誉为"飞将"的西汉名将李广的衣冠冢。李广所处的时代，匈奴势力一直威胁着西汉王朝的安危，这位生于天水的骁勇武将以猿臂善射闻名，在长达40多年的戎马生涯

李广墓

李广墓位于天水市区南郊的文山山麓。李广，西汉名将，长年戍边，威震边关，被誉为"飞将军"。

中，与匈奴作战70余次，屡立奇功，威震边疆。李广的功绩，不禁令唐代边塞诗人王昌龄感叹道：

> 秦时明月汉时关，
>
> 万里长征人未还。
>
> 但使龙城飞将在，
>
> 不教胡马度阴山。

　　张骞通西域后，为保障丝绸之路这条东西方经济文化交流通道的畅通，又一位天水武将赵充国做出了卓越的贡献。这里是位于天水市清水县的赵充国墓，壮士的英灵在这里长眠，但他平定边乱、保家卫国、屯田安边的历史功绩却一直为后人所敬仰。

　　天水，是甘肃的东大门，古丝绸之路的要道重镇。在漫长的丝绸古道，走过了多少商贾使团、僧侣墨客。随着东西方文化的交流，佛教的发展与弘布，为这里留下了大量的佛

赵充国陵园

　　赵充国陵园位于天水市清水县城北。赵充国，西汉名将，提出屯田安边主张，对维护边疆的稳定产生了深远影响。

解说影像，一份情怀

教文化遗存，麦积山石窟、水帘洞石窟、大象山石窟、仙人崖石窟等构成了天水绚丽的石窟艺术走廊，将丝路文化烘托得灿烂夺目。

麦积山石窟是中国的四大石窟之一。这里山石壁立，青松参天，既有江南清新秀丽的景色，又富北国雄伟浑厚的气势，层峦叠翠，鸟语花香，自古就是"秦地林泉之冠"。而"麦积烟雨"更是天水著名的"秦州八景"之首，使麦积山石窟成为我国现存诸石窟群中自然环境最优美的一处。

麦积山石窟保存有始自后秦到明清跨越1500年间开凿的洞窟194个，泥塑和石刻造像7200余身。麦积山石窟以泥塑艺术闻名于世，被誉为"东方雕塑艺术馆"。步入洞窟，仿佛走进了一个梦幻般的世界，神态多姿的造像将尘世的生活情趣与梵界的圣洁清雅完美地结合在了一起，丰富的人文内涵使人流连忘返，回味无穷。

"群峰叠嶂觅无路，乱石开尽别有天。"武山水帘洞石窟群就位于这山石突兀、幽谷叠翠的群山环抱之中。这里奇峰

麦积山石窟泥塑造像

麦积山石窟泥塑造像

异景令人眼花缭乱，而拉梢寺巨型摩崖浮雕在峭壁间格外引人注目。如此巨大的摩崖石胎泥塑浮雕，在全国乃至亚洲各地的石窟寺中也绝无仅有。

这是著名的大象山石窟，山崖峭壁之间凿一大窟，内有石胎泥塑一佛，高20余米，如此巨大的盛唐佛像，在渭河流域的各石窟中首屈一指。

灿烂的石窟艺术，辉煌的丝路文化，是天水在我国东西方文化交流重要历史地位的佐证。悠悠唐蕃古道带来了西域的风采，异域的焚宫艺苑在这里推陈出新，得以光大，这是一种气度，这是一种胸怀，正因如此，天水创造了它在中国古代历史阶段的最繁荣时期。

古丝绸之路为天水带来了新的精神灵光，这不仅表现在灿烂夺目的石窟艺术上，而且新的人文精神也为它的秀美山川平添了几分新的景象。

在耤水河南岸的慧音山上，陇右第一名刹南郭寺就坐落在这里。南郭寺是一座千年古刹，它背负青山，面临耤水，

解说影像，一份情怀

古树参天，风景优美。南郭寺的南山古柏自古就为"秦州八景"之一，寺内的这株古柏至今已2500多年，由于年久，身劈南北两枝倾斜不倒，而在此柏中劈之后，当中又寄生出一株朴树，成为一道奇景。南郭寺之名，因唐代伟大诗人杜甫流落于秦州时曾登临此寺留下著名的《南郭寺》一诗而名扬遐迩：

> 山头南郭寺，水号北流泉。
>
> 老树空庭得，清渠一邑传。
>
> 秋花危石底，晚景卧钟边。
>
> 俯仰悲身世，溪风为飒然。

　　寺内的杜少陵祠表达了天水人民对这位诗圣的敬仰。寺内东院新近建立起的这座《二妙轩》诗碑廊，将杜甫的《秦州杂诗》及王羲之、王献之的名家书法结合为一体，诗妙，字妙，为南郭寺增添了新的文化景观。

南郭寺

　　南郭寺位于天水市区南部，是一座有着上千年历史的寺院，寺内古柏苍苍，"南山古柏"为天水八景之一。

羲皇故里 龙城天水

南山古柏

走进天水，仿佛走进了一条历史文化长廊，在这座历史文化古城里，人们不禁为悠久的历史所震撼，不禁为灿烂的文化所赞叹。1992年，江泽民同志在天水视察期间，挥毫题词："羲皇故里"。天水这座古城，仿佛这跨越千年仍郁郁葱葱的双玉兰树一般生机盎然。

中华人民共和国成立后，古老的天水发生了翻天覆地的巨大变化，特别是改革开放以来，天水的各项事业得到了飞速发展。乘着西部大开发的东风，天水市委、市政府以"三个代表"重要思想为指导，抢抓机遇，加快发展，一个崭新的天水正在西部大地上崛起。

晨曦中的龙城，朝霞为它披上了一层多彩的光芒，这个古老而又年轻的城市又迎来了一个新的黎明，到处是充满朝气的人群，到处洋溢着生机勃勃的景象。

放牛村，一个不起眼儿的小山村，1996年，当朱镕基同志来到这里视察时，不禁为这里发生的巨变所感染，欣然题词："今朝天水黄土峁，明日陇右江南绿"，并为该村题写了

解说影像，一份情怀

蓬勃发展的天水特色林果产业

村名。

眺望天水南北两山，满目新绿，登临山顶，展现在眼前的是这新建的万亩果林，天水人民为建设山川秀美的新家园绘制了何等壮观的蓝图。

[串场主持]

"古龙悠哉胜，今龙更腾舞。"龙，具有锐意进取的精神，龙，具有不可战胜的力量。它是一个象征，将华夏儿女振兴中华的热情凝聚在了一起。在建设美好家园的进程中，天水人以"羲皇故里，群龙腾飞"艺术展的形式，为龙赋予了新的时代意义。

（"羲皇故里，群龙腾飞"艺术展）

[串场主持]

龙是中华民族的象征，龙是中华民族奋发向上的精神体现，它寄托了全体中华儿女的美好梦想，使华夏儿女拥有了共同的根。龙的国度，"巨龙寻根游神州，万众签名促统一"，体现了全国人民祈盼统一、伟大祖国繁荣昌盛的美好心愿。

（"巨龙寻根游神州，万众签名促统一"活动）

（主题歌《天河热土》）

（《羲皇故里 龙城天水》解说词，2000年）

天水旅游

　　在甘肃的东南部，黄土高原与秦岭山地的交会地带，有一座古老而又年轻的城市，这就是国家级历史文化名城天水。

　　天水是甘肃的第二大城市，下辖秦州区、麦积区及秦安县、甘谷县、武山县、清水县和张家川回族自治县。天水历史悠久，人文荟萃，景观独特，是一处神奇的旅游胜地。秦州区是天水市

天水旅游

天水市

　　天水市位于甘肃省东南部，横跨长江、黄河两大流域，古丝绸之路重镇，也是关中与巴蜀的连接通道。

政府所在地，也是天水的商贸旅游依托中心，我们就从这里开始了解天水悠久的历史和神奇的旅游景观。

　　天水因水而闻名。相传西汉时期，有一天突然地现红光，雷电交加，大地连续震动，地面裂开一道大缝，天河之水注入其中，形成一个大湖，后来汉武帝在湖旁建起一座城池，起名为天水郡，从此就有了天水这美妙动听的名字。然而，天水的历史十分久远，名胜古迹多姿多彩。在天水的历史文化中，伏羲文化、大地湾文化、先秦文化、三国文化和佛教石窟文化都占有十分突出的地位。

　　伏羲文化是中华民族史前文化的重要组成部分，是中华优秀传统文化的源头。天水是伏羲的诞生地，也是伏羲文化的萌生地，中华文明的火花最早在这里闪现，使天水成为中华古老文明的重要发祥地之一。1992年，江泽民同志在天水视察期间，亲自题词"羲皇故里"。

解说影像，一份情怀

在中华民族的创世神话中，被尊为三皇之首的伏羲氏诞生于天水。相传伏羲之母华胥怀胎十二年生伏羲，古时十二年称为一纪，因而天水古时也被称为成纪。

伏羲是一位极富传奇色彩的中华史前神话人物，他创绘八卦和制定历法，倡导礼乐，发明捕鱼和狩猎工具，引导原始先民走出茹毛饮血的蒙昧生活状态，开创了中华文明的先河，后人尊封他为人文始祖。

渭水河畔的这座土山就是神话中伏羲创绘八卦的地方。卦台山位于天水市麦积区的三阳川。三阳川景色钟秀，渭河之水从卦台山下静静流过。伏羲氏在这里感受着日月的轮回、四季的更替和生命的兴衰，用卦盘形象地表示出自然和生命永无止息的运动。山脚下的分心石、对面山腰间的龙马洞，据说都与伏羲创绘八卦的事迹有着密切的联系，因而后人给它们也赋予了许多神奇的故事。八卦是中国古代哲学思想的重要组成部分，对中国人的人生观念产生过十分重要的影响。

卦台山上的伏羲庙

三阳川

伏羲的传说带有浓重的早期农牧社会的色彩，而在天水发现的大量原始社会新石器时代古文化遗址则进一步说明，这里是中国农耕文化的重要发祥地之一。

坐落于天水市秦安县五营乡的大地湾古文化遗址，是一处完整的原始部落聚落遗址。大地湾古文化遗址保存有距今7800年到4800年前极为丰富的新石器时代早期文化遗存，跨越大地湾一期文化和仰韶文化早期、中期、晚期四个阶段。大地湾古文化遗址总面积超过32万平方米，文化厚度平均在2米左右。对大地湾1.37万平方米古文化遗址的挖掘清理，发现出土了大量文物。大地湾一期文化是迄今为止所发现的世界上最早的彩陶文化之一，这进一步证实了黄河文明起源的古老性。

这座建筑物里保存着我国新石器时代考古发现中规模最大的建筑遗址——史前殿堂遗址。从中我们可以发现原始先民已经掌握了高超的建筑技术，考古学家给予了它这样的评价："这座建筑奠定了中国宫殿制度的基本格局"，而且它也

解说影像，一份情怀

天水市区的伏羲庙

表明中华五千年文明起源的广泛性。

这雄伟庄严的恢宏庙宇是位于天水市区的伏羲庙。这座伏羲庙本名太昊宫，民间则把它称作人宗庙，它是全国规模最大、保存最为完整的伏羲庙。伏羲庙由牌坊、大门、仪门、先天殿、太极殿等组成，具有鲜明的中国传统宫殿式建筑风格。主体建筑先天殿巍然稳坐于台基之上，大殿内殿顶为八八六十四卦象，殿墙绘伏羲生平事迹，伏羲泥塑彩绘像端坐于大殿正中的台基之上，他手托卦盘，双目炯炯，充分展示了这位远古智者沉稳坚韧的性格。

取伏羲六十四卦象之数，院内原植有苍柏六十四株，苍茂的翠柏，风中摇动的风铃，高深幽远的庭院，高大宏伟的殿堂，将这里烘托得庄严肃穆。

每年这里都要举行隆重的祭祀活动，古老的夹板节奏昂扬，此时庙内人头攒动，香烟缭绕，宝烛辉煌，人们纷至朝拜，表达对这位人文始祖的敬仰和崇敬。

天水是秦人的发祥地。在中国古代史上，第一个建立了统一的中央集权封建制国家的秦始皇，他的祖先最早就是生活在天水一带。在天水秦人祖先放牧的牧马滩，近年来发现了大量秦汉墓群，并出土了一批祭器、竹简等文物，对于认识和研究秦早期文化价值重大。

天水在历史上为陇右第一重镇，历来是兵家必争之地。在三国时期，天水处于蜀魏交锋的前沿，诸葛亮六出祁山、痛失街亭、智收姜维、计杀张郃等重大战事都发生在天水。一部《三国演义》，将三国战事演绎得出神入化，当你身临街亭古战场、天水关、木门道、诸葛军垒等三国古战场遗址时，会对当时的烽火狼烟、纵横厮杀的惨烈景象有身临其境的了解，也会对诸葛亮为收复中原、匡扶汉室而出师未捷身先死的遗憾有进一步的理解。

天水是古丝绸之路东段的咽喉要道，随着佛教的弘布和发展，从南北朝开始，一直延续到明清时期，跨越1600多年的历史，在天水境内，佛教信徒修窟造像，建有麦积山石窟、大象山石窟、水帘洞石窟群及木梯寺等大小石窟多处，

天水的三国古战场遗址

解说影像，一份情怀

形成了一条绚丽多彩的石窟艺术走廊。

驰名中外的麦积山石窟，是我国的四大石窟之一。麦积山石窟始凿于南北朝时期，经过历朝历代的不断修造，至今保存有194个洞窟，汇集有历代泥塑和石雕造像7800余尊，壁画1000多平方米。麦积山石窟以泥塑艺术见长，被誉为"东方雕塑艺术馆"。麦积山石窟艺术将梵界的圣洁清雅与世俗生活的多姿多彩有机地结合起来，使这些泥塑具有生命的神韵，给人以无限的艺术享受。麦积山石窟生动地展示了各个时代的艺术特征，系统地反映了我国泥塑艺术的发展演变历程，具有极高的艺术价值。

大象山石窟位于天水市甘谷县境内。大象山石窟以一尊盛唐时期修造的释迦牟尼坐像著称于世，这尊大佛通高20余米，其规模在渭河流域各石窟中首屈一指。

武山水帘洞石窟群位于天水市武山县境内，亚洲最大的摩崖巨型浮雕佛像就位于这里。武山水帘洞石窟群包括显圣

大象山石窟

拉梢寺摩崖浮雕

寺、拉梢寺、千佛洞、水帘洞等名胜古迹。拉梢寺摩崖浮雕就修筑在这面显赫醒目的大佛崖上，这幅由大佛、胁侍菩萨、莲花宝座浑然一体的完美艺术图景，是中国石窟雕塑艺术中的珍品。

伏羲文化、大地湾文化、先秦文化、三国文化和佛教石窟文化是天水历史文化中的精髓篇章。在天水悠久的历史中，也涌现出许多著名的人物。飞将军李广、营平侯赵充国、汉忠烈侯纪信、三国名将姜维、前秦皇帝符坚以及儒学家石作蜀、辞赋家赵壹、文学家李翱等等，都曾在天水的历史上留下过自己浓重的一笔。

这是李广的衣冠冢。李广是西汉初期抗击匈奴侵扰的著名将领，他以骁勇善射闻名，在长达40年的军旅生涯中，与匈奴作战70余次，屡立奇功，威震边关，被誉为"飞将军"。唐代边塞诗人王昌龄感叹道：

秦时明月汉时关，

万里长征人未还。

解说影像，一份情怀

但使龙城飞将在，

不教胡马度阴山。

李广逝世后，天水人民十分怀念这位故乡的英雄，在市区南部文峰山的半山腰间建起了他的衣冠冢。

这是位于天水市清水县的赵充国墓。赵充国也是西汉时期出生于天水的一位著名武将。赵充国以自己的智慧和能力平定边乱，屯田安边，为汉王朝的稳定和边疆地区的发展呕心沥血，立下卓越功勋，死后被封为营平侯。这座陵园建于汉代，虽经历史的风霜雨雪，今天仍有许多人到这里凭吊这位英雄。

天水在古代就是西北地区重要的历史文化名城，许多历史文化名人都曾来过这里，天水秀丽的风光，使他们不辞辛苦，足迹遍及这里的山山水水。

唐代著名诗人杜甫辞官后，在去四川的途中曾在天水居住了三个月。短短的几十天里，诗人遍览了天水的神奇风

南郭寺中的杜甫草堂和北流泉

杜甫雕像与二妙轩

光，为后人留下了数十首《秦州杂诗》。《秦州杂诗》在诗人一生的创作中占有相当重要的地位，体现了诗人现实主义的创作风格和伤心国事、忧虑边疆的爱国情怀。

今天，在天水市区南面慧音山上的南郭寺中，这座以王羲之、王献之的书法集字镌刻的杜甫《秦州杂诗》诗碑廊就是著名的二妙轩。二妙轩前这座新近落成的杜甫雕像清新古朴，是对诗人才华横溢但清贫朴实人生的生动刻画。

南郭寺前瞻秦州平川，后枕巍巍青山，自古就是陇右的一座名刹。南郭寺门前的千年古槐栽于唐代，由此可见历史上南郭寺之兴盛。李白游历此处时曾叹道：

> 自此风尘起，山高月夜寒。
>
> 东泉澄澈底，西塔顶连天。
>
> 佛座灯常灿，禅房香半燃。
>
> 老僧三五众，古柏几千年。

而杜甫更是在此留下了著名的《南郭寺》一诗：

解说影像，一份情怀

> 山头南郭寺，水号北流泉。
>
> 老树空庭得，清渠一邑传。
>
> 秋花危石底，晚景卧钟边。
>
> 俯仰悲身世，溪风为飒然。

南郭寺中的这株古柏已2500多年了，在汉柏横卧南北的中空之处，寄生着一株北方较为少见的朴树，使南山汉柏成为著名的"秦州八景"之一。

> 大道邃庐乐自游，风光仿佛像瀛洲。
>
> 庵前草木春常在，槛外云山不夜秋。
>
> 鬼泣馗罡三尺剑，神藏天地一芦舟。
>
> 由来抛却红尘事，勘破浮生只点头。

这是元代长春真人丘处机的弟子梁志通留在玉泉观神仙洞中的碑诗。玉泉观建于元代，坐落于天水市区北部天靖山脚下。这里林木葱郁，粉壁红墙掩映，亭台殿宇层叠，有"玉泉仙隐"的美誉。玉泉观最重要的建筑有老君殿、文殊殿、文昌宫、玉泉阁、神仙洞、碑亭等。

玉泉观

麦积山风景名胜区

在绵亘百余里的秦岭山峦中，有"陇地林泉峰峦之冠"的麦积山、"秦州第一洞天福地"仙人崖、素有"小黄山"之称的石门山和景色秀美的曲溪组成了集"北雄南秀"风光于一体的国家级风景名胜区——麦积山风景名胜区。麦积山风景区是1982年国务院公布的第一批44个国家重点风景名胜区之一，总面积达215平方公里，融人文景观与自然景观于一体，具有极高的旅游价值。

麦积山素有"陇地林泉峰峦之冠"的美称。麦积山山势险峻，周围绿树成林，环境清幽，而"麦积烟雨"更是"秦州八景"之首，使麦积山石窟成为我国诸石窟寺中风景最为秀丽的一座，自古就是大西北名胜之地。

仙人崖是儒佛道合一的石窟寺庙，因有"仙人点灯指路"的传说被认为是神仙聚会之地而得名。这里奇山、秀水、绿树、野花相映，涉足其间，确有身临仙境之感。

石门山峰峦奇秀、岚雾常留，而有甘肃的"小黄山"之

解说影像，一份情怀

仙人崖与石门山

称。石门山，黄天峰、斗姆峰并立对峙，形如门槛，聚仙桥横跨二峰之间，每逢中秋远眺，皓月自东方冉冉升起，似玉盘腾空，恰在两峰之间，被誉为"石门月夜"。

曲溪森林公园地处长江流域，这里"群峰绵延连秦岭，溪流九曲汇嘉陵"，其自然景观既蕴江南之秀丽，又藏北国之雄奇，集宁静与粗犷、雄浑于一身。游曲溪，十里峡谷最引人入胜。置身其间，恰似进入了一个童话的世界。千奇百怪的峰峦与碧绿如黛的溪水构成了曲溪独具特色的自然景观。

麦积山风景区地处长江、黄河两大水系，暖温带和温带湿润、半湿润的气候使这里享有得天独厚的森林生态环境。我国南北植物汇集于此，既有名贵的观赏植物，又有众多的濒危植物和珍稀树种。来到麦积山风景名胜区，麦积植物园不可不看。植物园四面青山环抱，泉溪竞涌，夏无酷暑，冬无严寒，四时八节，景换情移。游人穿长廊、过花径，身边玉兰园、丁香园、月季园、玫瑰园，园园相连，令人目不暇接。真是"抬头望天景不同，身随花影香袭人"，构成了一个生机盎然的植物王国。

随着西部大开发战略的实施，天水市充分发挥旅游资源优势，走"旅游兴市"的路子，为旅游业发展创造了良好的外部环境。

近年来，天水市交通运输条件不断改善。天水是甘肃的东大门，310国道、316国道从这里经过，高速公路、高等级公路、城市外环线相继建成，各旅游景点间公路平坦，客运汽车穿梭往来。陇海铁路贯穿天水全境，与北京、上海、西安、成都、兰州等国内各大城市直接相通。在通讯设施方面，程控电话已具规模，移动通讯、网络通讯全面开通，通讯能力大幅提高。

此外，天水市旅游管理水平不断提高。目前，全市有星级宾馆4家，国际旅行社2家，国内旅行社4家，旅游接待和导游服务能力得到保障。同时，天水通过整顿旅游市场，强

天水市区景

解说影像，一份情怀

化监督管理，进一步规范了行业行为，为国内外游客提供安全、舒适、良好的服务。

天水物产富饶，土特产品丰富。天水雕漆、地毯、玉器、中药材享誉海内外。天水又是瓜果之乡，特别是天水的"花牛"苹果，在国际市场被认为品质超过了美国的王牌苹果"蛇果"，极受赞誉，"花牛"也成为中国出口苹果的标记。

夜幕下的天水清风习习，温情委婉，好像是江南小城，清新雅致。这时到夜市上一游，不仅能品味到丰富的地方小吃，也会领略到天水人热情朴实的性格。

走进天水，你会发现天水是一部耐读的书，如果细细研读，你会进一步发现，它是一部贯穿中华上下五千年的历史长卷，它有厚重的历史积淀，具有地域文化、民俗文化、宗教文化的深度和广度，只有用整个身心去读它，才能觉出它的神奇、深沉与博大。

我们就要结束我们的天水旅程了，太多的感受还需要细细品味，如果你来天水旅游，相信会有更多的收获。

陇右宝地，羲皇故里。欢迎你来天水观光旅游。

（《天水旅游》解说词，2002年）

铜城白银

　　铜城白银位于丝绸古道、黄河上游、甘肃中部，与省会兰州相邻，下辖白银区、平川区、会宁县、靖远县和景泰县，面积2.12万平方公里，总人口172万多人。从20世纪50年代初开始，国家先后在这里兴建一批大中型骨干企业，使昔日的戈壁滩成为壮丽的新兴工业城市，是我国重要的有色金属、能源和化工生产基地。它像一颗

解说影像，一份情怀

黄河白银段景色壮丽

璀璨的明珠，镶嵌在祖国的大西北。

中华民族的母亲河——黄河，孕育了世世代代的白银人，也孕育了白银悠久的历史。早在5000多年前，先民们就在这块土地上繁衍生息，已经发现的新石器时代的文化遗址、汉墓群及北魏、唐宋的石窟艺术、城堡建筑等，都在诉说着白银历经沧桑的悠久历史。

中华人民共和国成立后，在中国共产党的领导下，勤劳勇敢的白银人民发奋图强、艰苦创业，经济建设蒸蒸日上，社会发展生机勃勃，白银大地发生了亘古未有的巨变，在工业、农业、交通运输、商业、教育、文化、体育、卫生、城市建设等各个方面都取得了令人瞩目的成就。

白银物华天宝，资源富集，已发现的金属矿和非金属矿有铜、铅、锌、钴、金、银、锰和煤炭、石膏、石灰石、麦饭石、沸石、重晶石等30多种，有着广阔的开发前景。

白银是国家最大的有色金属开发基地，也是甘肃省重要的能源化工基地。经过近半个世纪的艰苦创业，现已形成以有色金属工业为主体，包括能源、化工、建材、机械、轻纺等产业在内的工业体系。

白银有色金属公司是新中国成立后最早建设的大规模铜硫联合企业，经过40多年的开发建设，白银公司已发展成集采矿、选矿、冶炼、加工、化工生产和科研一体化，铜、铅、锌、金、银、硫综合发展的特大型联合企业，成为我国目前规模最大的多品种有色金属综合发展的生产基地。

甘肃银光化学工业公司是我国最大的聚氨酯原料生产开发基地，是一家集化工生产和科研于一体的大型综合性化工企业，TDI两万吨年生产能力填补了全国化学工业材料的空白。

甘肃稀土公司是我国最大的稀土产品生产基地，综合生产能力雄居亚洲第一，居世界"稀土三强"之列。甘肃稀土公司已初步形成了以稀土产品为主，烧碱等化工材料为辅的

白银有色金属生产企业

解说影像，一份情怀

白银能源与化工生产企业

多元化经济格局。

　　甘肃长通电缆集团有限责任公司是西北最大的电信电缆生产企业，通过深化改革，不断发展，已经发展成为一家集资产经营、资本运作及电信电缆和高科技产品研究、开发、制造、营销、服务于一体的综合性企业。

　　白银蕴藏有丰富的煤炭资源，储量达16亿多吨。甘肃靖远矿务局年产煤炭600多万吨，是甘肃省最大的煤炭生产基地和主要的出口煤基地。

　　甘肃靖远第一发电有限责任公司是一座大型坑口电站，装机容量140万千瓦，是甘肃最大的火力发电厂，也是连接陕甘宁青电网的主力电厂。

　　黄河在白银段可供开发的水电资源约300万千瓦，包括大峡、乌金峡和小峡在内的黄河上游"小三峡"水电站，总设计能力为70万千瓦，其中装机总容量30万千瓦的大峡水电总厂已建成并网发电，从而形成了水火发电并举、相互补充的能源格局，为白银的发展奠定了坚实的能源基础。

白银是沿黄河高扬程灌溉农业的重要开发区。黄河流经白银市214公里，占黄河流经甘肃总长的44%，流域面积1.47万平方公里，可利用总水量329亿立方米。在国家的大力支持下，已建成景泰川、靖会川等12处大中型电力提灌工程，发展水浇地上百万亩。

景电工程是我国扬程最高的提灌工程，显示了白银人民改善生态环境、建设美好家园的顽强意志。

白银商品农业发展势头良好，特色农产品基地初具规模，是陇上闻名的鱼米之乡。

白银旅游胜地和古文化遗址别具风韵。白银地域辽阔，山川交错，自然风光具有粗犷、雄浑的西部特色。老龙湾黄河石林陡崖凌空、景象万千，其造型天造地设、鬼斧神工，堪称中华自然奇观。四龙山庄依山傍水，是领略黄河风情、休闲避暑的好去处。

景电工程与设施农业区

解说影像，一份情怀

老龙湾黄河石林

白银地处交通要道，是古丝绸之路的咽喉和枢纽。今日的白银，公路、铁路纵横交错，四通八达，毗邻兰州中川机场，航天运输方便快捷。正在建设中的白银至兰州高速公路，将进一步提高白银的交通运输能力，并加快白银的改革开放步伐。

白银通信体系完备，程控电话与各城市联网，并可直拨国际长途，特快邮件与全国各地和世界各国相通。

白银是区域中心城市，也是希望之城。随着国家西部大开发战略的实施，丰沛的能源资源、雄厚的工业实力，使白银成为黄河上游经济区东段开发潜力最大的经济圈。

白银市地域开阔，城市用地充足，地理条件优越，不但为白银的经济发展，也为兰州的经济扩充提供了广阔的活动舞台。

白银具有良好的投资环境和条件，目前有白银西区经济开发区、白银区示范工业小区、平川新区经济开发区、靖远

铜城白银

县银三角经济开发区、会宁县桃花山经济开发区、景泰县上沙沃经济开发小区等六个开发区，为国内外投资者提供良好的投资环境和优惠政策，共同促进白银市对外开放和区域经济的全面发展。

在新的历史时期，白银人民在市委、市政府的领导下，高举邓小平理论的伟大旗帜，认真实践江泽民同志"三个代表"重要思想，抢抓西部大开发的历史机遇，以实施大开发战略统揽经济工作全局，发挥比较优势，发展特色经济；通过对工业经济优势的发挥、延伸、再造，以信息化推进工业化进程，带动农业经济的发展；通过壮大城市经济实力，强化基础设施建设，完善综合服务功能，以多样化推进城镇化进程，带动农村经济的发展；通过适度超前发展科技教育，加大对外开放力度，加快结构调整和体制创新，以后发优势的发挥，推进和实现跨越式发展和可持续发展；把白银建设成为国家重要的有色金属新材料基地、甘肃重要的化工

白银市区

解说影像，一份情怀

基地、能源基地和名、优、新、特农产品生产和加工基地，使白银成为西陇海兰西线经济带上一个具有较强实力、增长活力、人民富裕、文明开放的区域中心城市。

美丽富饶的白银是一片充满希望的热土，发展前景广阔，勤劳智慧、热情友好的白银人民热忱欢迎国内外朋友和有识之士到这里访问考察、洽谈项目、投资办厂，共同开发建设这块华夏宝地，携手创造白银明天的辉煌。

（《白银投资指南》，"铜城白银"解说词，2002年）

瑰丽陇南

陇南市位于甘肃省东南部，东接陕西省，南接四川省，北西两面分别与省内的天水市、定西市和甘南藏族自治州相连，面积2.79万平方公里。陇南市下辖成县、徽县、西和县、礼县、文县、康县、宕昌县、两当县和武都区等八县一区，总人口274万人。

陇南市地处秦巴山地西部、青藏高原东缘向

解说影像，一份情怀

陇南秀色

黄土高原延伸的交汇地带上，气候类型上属于亚欧大陆内陆亚热带向暖温带的过渡区域。这里山峦竞秀，河流纵横，森林广布，物产丰富，多姿多彩的地形地貌、变幻绮丽的气候类型，使陇南秀丽与雄浑共生，委婉与豪放并存，构成了一派神奇瑰丽的原生态山水画。

陇南的东部为秦岭山脉的西缘，秦岭分南北两枝插入陇南，中间留下了富饶的徽成盆地。陇南的西南部是岷山山脉的东缘，这里高山林立，深谷纵横，山谷间河流奔淌，构成了陇南另一番壮观的景象。陇南的西北部则是黄土高原的南伸地带，这里山势高平，川塬广袤，星罗棋布的黄土梁峁构成了陇南北部苍茫雄浑的北国风光。

大自然的鬼斧神工，在陇南造就了一个个独具魅力的自然美景。武都的万象洞是我国纬度最高的天然溶洞，也是西北最大的天然溶洞。文县的洋汤天池则位列全国四大天池之一。成县的鸡峰山是国家级森林公园。此外，徽县的三滩、康县的阳坝、宕昌县的官鹅沟等生态旅游风景区，景色宜人，尽显着陇南的秀色。

复杂的地质地貌、多样的气候类型，是大自然赋予陇南的宝贵财富。陇南生物资源种类繁多，素有"天然植物宝库"和"千年药乡"的美誉。陇南森林覆盖率为39.2%，自然生长的树种就达1300多种。在茫茫的林海中，有经济树种400多种，野生珍贵树种52种，山珍异果100多种。陇南的黑木耳、香菇、猴头菇等食用菌和徽菜、蕨菜等山珍野菜品质优异、久负盛名，而红芪、文党、大黄、当归、半夏、杜仲、天麻等中药材又是我国传统的出口创汇产品，此外，花椒、核桃、蚕丝等也享誉国内外。陇南是甘肃唯一出产茶叶、油橄榄等亚热带植物的地区。陇南清茶清醇润口，为礼中珍品；而陇南出产的油橄榄则因出油率高、品质优异而具有极高的经济价值。

陇南还是我国珍稀野生动物重要栖息地。在陇南多个自

陇南的茶园和油橄榄种植园

解说影像，一份情怀

然保护区里，生活着300多种野生动物，其中有大熊猫、金丝猴等珍稀野生动物20多种。

陇南多山，山为宝山。陇南山区蕴含着丰富的矿产资源，有铅、锌、锑、铜、锰、金、硅、重晶石、煤等金属矿、非金属矿34种。西成铅锌矿带绵延300公里，已探明储量2400万吨，为我国的第二大铅锌矿藏。锑已探明储量14.9万吨，为我国的第三大锑矿藏。黄金储量200余吨，已探明储量400千克以上的大中型矿床20多处，其中，文县阳山金矿已累计探明储量约227吨，为亚洲最大的金矿之一。

陇南多水，水为秀水。陇南是甘肃唯一全境属长江流域的地区，市域内河流纵横交错，有嘉陵江、白龙江、白水江、西汉水四大水系，大小河流3900多条，年径流量达278亿立方米，水力理论储藏量425万千瓦，可开发量223万千瓦，约占甘肃全省的三分之一。

陇南历史文化丰富多彩，源远流长。早在远古时代，这

白水江自然保护区

瑰丽陇南

阳坝自然风景区

里就曾是华夏先民们繁衍生息的重要活动区域之一。在中华文明的创世神话中，相传伏羲"生于仇夷，长于成纪"，"仇夷"就是今天位于西河县南部的仇池山，群山中的这座山崖被人们称作"伏羲崖"。秦始皇是中国第一个封建王朝秦王朝的创建者，他的先祖在雄立关中前，曾在陇南生息发展了数百年，位于礼县的大堡子山就是秦人的西垂陵园，从这里出土的陪葬品展现了秦人高超的青铜冶炼技术，令今人叹为观止。

陇南具有悠久的开发史，秦朝时就曾在这里设道置吏，汉武帝时又在这里设立了武都郡。千百年来，生活在这块土地上的各族人民用他们的勤劳智慧，书写了陇南丰富多彩的历史篇章。

位于成县抛沙镇天井山的鱼窍峡，古时称为西狭，在这条峡谷中的峭壁上，保存一方珍贵的摩崖石刻，被人们称为"西狭颂"。"西狭颂"镌刻于公元171年东汉时期，记述了时

解说影像，一份情怀

西狭颂风景区

任武都郡太守李翕率领民众修通西狭古道造福于民的事迹。"西狭颂"为汉隶刻石，碑文和书法均有很高的考古研究和临摹鉴赏价值。

陇南自古以来就是连接我国西北地区和西南地区的交通要道。三国时期，陇南是蜀魏相争的重要战场，留下了许多战争遗迹。诸葛亮六出祁山就扎寨于陇南礼县的祁山堡。魏将邓艾率军也是经陇南入蜀，结束了蜀魏分治的局面。今天，从这静静的城堡、残存的栈道，依然可以领略昔日征战的惨烈。

翻越这群山，穿越这山谷，不仅有戎装威武的军队，在漫长的岁月里，更有络绎不绝的商贾驿队，在南来北往的商贸活动中，也将这里的山珍和药材运往四方，使陇南的土特产品遐迩闻名。

唐"安史之乱"时，诗圣杜甫也从这里走过。杜甫为避战乱，从汉中入陇，曾在陇南短暂停留。后人为表达对诗圣的敬仰，在诗人曾途经过的成县飞龙峡建起了杜甫草堂。

陇南自古就处在秦陇文化与巴蜀文化交汇的大通道上，也是氐、羌、藏等民族与汉族往来交流的大舞台，各族人民在开发建设陇南的过程中，也造就了这里独特的民族风情和地域文化。

文县白马河畔的白马藏族同胞婚礼习俗独具特色，每年农历正月正的"池哥昼"场面庄重热烈，彰显着独特的民族风情。

陇南是中央红军长征的途经地，红军三大主力都曾经过陇南。1935年9月，当中央红军突破天险腊子口后，到达了宕昌县的哈达铺。几个月在川北高原跋涉的红军在这里得到了及时的休整，哈达铺也被誉为了红军长征的"加油站"。特别是当毛泽东等中央领导同志从红军战士从哈达铺邮政代办所收缴来的国民党报纸上，了解到陕北红军和陕北根据地的情况之后，形成了把红军长征的落脚点放到陕北的决定，使

白马藏族山寨

解说影像，一份情怀

哈达铺

哈达铺在中国革命历史上留下了浓彩重墨的一笔。哈达铺的下街还完好地保持着当年的旧貌，被人们誉为"中国工农红军一条街"，今天已被列为"全国爱国主义教育基地"和"全国重点文物保护单位"。

陇南有着光荣的革命斗争历史。1936年，红二方面军长征到达陇南，在党中央的布置下，红二方面军在成县、徽县、康县和两当等地区建立了区域广大的临时根据地，在红军的积极宣传下，共产党救国救民的革命主张广为传播，陇南人民积极支援红军，由5000多陇南儿女积极参加红军队伍，为中国革命做出了自己的贡献。

中华人民共和国成立后，陇南发生了翻天覆地的巨大变化。改革开放以来，陇南城乡经济和社会事业快速发展，人民的生活水平得到了明显提高。进入新世纪，随着西部大开发战略的实施，勤劳勇敢的陇南人民，抢抓历史机遇，以经济建设为中心，积极推进改革开放，大力加强基础设施建设和生态环境建设，城乡面貌发生了显著的变化。2004年，经国务院批准，陇南"撤地建市"，为陇南的发展注入了新的活力。

近年来，特别是2006年以来，陇南市社会经济发展取得了显著成绩，生产总值、固定资产投资、大口径财政收入、城镇居民人均可支配收入和农村人均纯收入实现大幅增长，人民生活水平有了明显改善，是陇南发展最快、变化最大、群众得到实惠最多的时期。陇南已展现出全面发展的良好生机，陇南站在了加快发展的新起点上。

中共陇南市委、陇南市政府审时度势，在更高的坐标上科学定位，在更高的起点上谋划发展，提出了全面落实科学发展观，坚持"举特色旗，走富民路，建小康市"的发展战略，坚持"发展抓项目，改革抓创新，和谐抓民生，保障抓党建"的工作思路，围绕项目建设这个总纲，努力在"基础设施建设、农业特色产业开发、发展工业、发展非公有制经

徽成盆地

解说影像，一份情怀

济、旅游产业开发、扶贫开发和新农村建设、城镇建设、对外开放、社会事业建设等方面实现新的突破和新的跨越"为工作重点，全力推进工业化、产业化和城镇化建设，打造"生态陇南、文化陇南、和谐陇南、富庶陇南"，将陇南建设成为特色产业的富市、有色冶金工业的大市、绿色食品工业的强市、"陇上江南"旅游文化的名市。

陇南基础设施建设发展迅速，投资硬环境不断改善。近年来，陇南市先后投入20多亿元，全面改造国道、省道和县乡道路，全市公路交通明显改观，随着兰渝铁路陇南段、兰海高速公路陇南段、陇南支线机场等一批重大项目的全面启动，陇南的交通状况将发生历史性的巨变。

陇南水资源及电力资源充沛，具有良好电力供应和电力网上服务。陇南光纤程控电话、无线移动、数字终端和宽带互联网等现代通讯设施体系完备。随着城镇化建设的突破性进展，城市的服务功能明显提升，人居环境改善显著。

快速发展的陇南交通事业

瑰丽陇南

特别是中共陇南市委、陇南市政府将"优化发展软环境"放在与"加快发展"同等重要的位置，创新招商理念，完善优惠政策，强化服务意识，落实优惠措施，放宽投资领域和投资方式，使陇南拥有了良好的投资政策环境。

陇南是一块投资开发的热土，陇南是一处创业兴业的家园，陇南真诚地欢迎国内外有识之士来这里投资创业，共谋发展。

山水秀丽的陇南欢迎您，勤劳朴实的陇南人民欢迎您！

（《陇南投资指南》，"瑰丽陇南"解说词，2006年）

解说影像，一份情怀

给生命以力量

——兰州创建"全国残疾人文化体育
建设示范市"纪实

引 言

　　这位歌手是来自兰州的杨海涛。2008年，北京国家奥体中心，第13届残疾人奥运会的开幕式上，他的一曲深情演唱感动了全世界的观众。他用歌声为中国残疾人赢得了掌声，也为他生活和培养他成长的城市——兰州增添了光彩。

"歌声里，我走进广阔的天域"，能让杨海涛勇于走向广阔天域的，不仅是伟大的时代，还有一群为残障事业默默付出的人们。

黄河，中华民族的母亲河，她从兰州这座城市穿过，也赋予这里的人们特有的精神品性。人们说，乐山者仁，乐水者智。群山环抱，大河奔流，濡养着这里人们的纯真与质朴，更塑造了他们打破封闭的勇气，在博采吸纳中去创造自己的辉煌与灿烂。

兰州自古就是内地连接西北的必经之地，也是西北地区各民族人民商贸往来的交通枢纽，闻名于世的丝绸之路从兰州穿过，东西方文化和各民族文化在这里交流汇聚，为兰州这座城市书写了历史的厚重和文化的多姿多彩。

实施西部大开发战略以来，兰州开启了全面发展的新征程。兰州作为西陇海经济带的重要支点，西北重要的交通枢纽和物流中心，新亚欧大陆桥中国段五大中心城市之一，区位优势明显，经济腹地广阔，向西开放条件得天独厚。随着国家建设新丝绸之路经济带战略构想的提出，兰州作为新丝绸之路中国段的"钻石节点"，也迎来了发展的新机遇、新动力。在甘肃省委、省政府的领导下，兰州市委、市政府率领

解说影像，一份情怀

360万兰州人民奋发努力，锐意进取，按照城市功能的新定位，积极实施转型发展战略，促进了各项事业的蓬勃发展，城市面貌日新月异，人民生活水平明显提高。

在推动城市发展的过程中，兰州市委、市政府注重将改革发展的成果惠及全市人民，特别关注占全市人口百分之五的19.2万残疾人群体，启动了一系列帮残、助残工程，帮助广大的残疾人群众超越身体障碍，融入现代生活，共享建设成果。

2013年，经中国残疾人联合会批准，兰州被确定为"全国残疾人文化体育建设示范市"创建城市之一。兰州市委、市政府高度重视，加强领导，将创建工作纳入全市经济社会发展大局，将残疾人文化体育建设列入全市公共文化体育建设整体规划，加大人力、物力和经费投入，确保各项创建工作的有序推进。

孔令利（兰州市残疾人联合会理事长）：

创建"全国残疾人文化体育建设示范市"活动，是残疾人事业的又一项新创举。为了加强对创建活动的组织领导，市委市政府成立了由市分管领导任组长、相关部门为成员的创建工作领导小组，逐步建立了市、县、乡镇、社区纵向一体，各相关部门、残联组织、志愿者队伍横向辐射的残疾人文化建设组织体系，形成了"政府主导、残联牵头、各部门各负其责、全社会共同参与"的创建工作领导保障机制。

给生命以力量

文化和体育，是人类文明发展的产物，也是人类文明发展水平的重要标志。文化和体育在满足人们精神生活需要的同时，也在影响和塑造着人们的精神世界。

这笔力遒劲的书法作品出自一位失去双臂的女性。她就是全国五一劳动奖章和自强模范荣誉称号获得者赵长稳。很多人都对赵长稳自强不息的故事耳熟能详，她的事迹也感染和激励了许多人。是对知识学习的追求改变了她的命运，是对艺术创造的追求丰富了她的人生。

赵长稳（残障人，书法爱好者）：

我作为甘肃残疾人的代表，在上海世博会生命阳光馆展示了三个项目，一个是编织，还有一个是剪纸和书法，参加世博会也是我一生中感觉最高兴的一件事情，在生命阳光馆参观的人是最多的，这让我感到自豪。

党的十八大指出：让人民享有健康丰富的精神文化生活，是全面建成小康社会的重要内容。建设社会主义文化强

赵长稳

幼时的意外使她失去了双臂，但她用顽强的毅力成为生命的强者。

解说影像，一份情怀

国，必须把满足人民群众日益增长的精神文化需求作为社会主义文化建设的根本目的，做到文化发展依靠人民、文化发展为了人民、文化发展成果由人民共享，切实保障人民群众基本文化权益。

创建"全国残疾人文化体育建设示范市"，就是要采取切实措施加快为残疾人提供基本均等的文化服务，不断丰富残疾人文化生活，满足残疾人精神文化需求，保障残疾人文化权益，促进基层残疾人文化事业发展繁荣。

兰州市在创建"全国残疾人文化体育建设示范市"的活动中，在省残联的指导帮助下，以加强残疾人文化体育阵地建设为基础，以示范点和示范基地建设为重点，以广泛开展残疾人文化体育活动为载体，突出人才培养和骨干力量建设，全力推进残疾人文化体育事业的全面发展。

这是一群不幸的孩子，因为失明、失聪或失语，他们不能和健康的孩子们一起接受正常的教育。但他们又是一群幸福的孩子，因为全社会的关心，他们能够在兰州市盲聋哑学校接受教育，培养技能，开启人生的逐梦之旅。兰州市在创建"全国残疾人文化体育建设示范市"的工作中，在兰州市盲聋哑学校挂牌设立了"兰州市残疾人文化艺术人才培训基地"和"兰州市体育人才培训基地"，将创建工作与日常教学相结合，充分发挥教学设施与师资优势，加强文化艺术和体育教学工作，深入挖掘孩子们的艺术天分和体育潜能，使这

兰州盲聋哑学校成为残障青少年人才的培养基地

里成为未成年残疾人文化、艺术、体育人才培养的核心基地。

兰州地处西北内陆经济欠发达地区，与东部沿海经济发达地区的城市相比，创建活动在人才、资金、基础设施和社会环境方面都面临着一系列具体的困难。兰州市将创建活动视作残疾人事业的一次再创业，在充分利用图书馆、博物馆、文化馆、文化中心、文化广场、文化公园等公共文化场馆以及社区和乡镇基层文化设施的基础上，加大无障碍设施建设；通过购置设备和图书，新建了一批盲人有声读物阅览

"残疾人文化进社区"示范点

解说影像，一份情怀

室；同时积极筹措资金，加强县（区）残疾人文体活动中心建设，并且率先建设完成了40个"残疾人文化进社区"示范点。这些都为残疾人更好地分享公共文化体育设施、融入社会生活提供了便利。

创业需要创新，创业需要实干。创建活动激发出社会各方面的热情，更凝聚起社会各方面的智慧。

这是一个独特的电影院。城关区在"全国残疾人文化体育建设示范市"创建活动实践中，依托区残联多媒体室建成了全市第一家无障碍影院，为解决残疾人观影需求找到了一种新方式。

各县区深入开展"文化进社区"、"文化进乡村"工作，通过"文化助残进社区"志愿者服务活动等形式，向社会广泛募集适合残疾人阅读观看的图书和音像制品，充实到"社区书屋"和"农家书屋"中，为广大残疾人提供了珍贵的精神食粮。

兰州市城关区"无障碍影院"

给生命以力量

　　残疾人文化艺术是为残疾人带来幸福感不可或缺的重要因素。在为残疾人不断提高基本均等文化服务水平的同时，兰州市开展了一系列残疾人文化建设活动，有计划、有步骤地推进残疾人个性化文化服务从单一分散向规模化和可持续化方向发展。近两年，相继开展了"真情相伴·爱在社区"读书节，"自强不息、逆境搏击"读书交流会，"读党史、知党性、跟党走"主题演讲比赛，心理健康知识讲座，"读书月"、"我的声音·你的眼睛"党员志愿者导读活动及"好书共享、书传爱心"图书捐赠等系列活动。在城市利用社区文化资源，指导残疾人开展了声乐、器乐、棋牌、书法、绘画等活动；在农村开展送知识下乡活动，为残疾人送去种植、养殖等方面的致富书籍。结合"全国助残日"、"国际残疾人日"等重大残疾人节日，开展"共享文化，放飞梦想"等特色鲜明的文体活动，发放《兰州市残疾人素质教育读本》2万余册，组织艺术团队深入街道（乡镇）、社区、部队、学校

残疾人文化活动有声有色

解说影像，一份情怀

演出40多场，组织开展各类职业技能和实用技术培训班1200多期，开办绘画、舞蹈、书法培训班50余期，培训残疾人3万多名。推荐500多幅残疾人书法、绘画、摄影作品参加了全省、全国各类比赛，获得各类奖项66个。

汤宗祥曾是一位下岗工人，而他现在却是一位在甘肃省内外小有名气的书法家，因肢体残疾行动不便，限制了他与书法爱好者们的艺术交流。创建活动为他提供了一个展示创作水平的平台，这更进一步激发了他的创作热情。

汤宗祥（残障人，书法爱好者）：

最近这几年，兰州市残联对我们很关心，举办了很多展览，在文化活动以及很多方面，给了我们残疾人一个平台。在残联举办的活动当中，像展览、文体活动等等，接触了好多志同道合的、相同兴趣的爱好者，对我们帮助很大。

营造舆论，加强宣传，争取社会各界的广泛支持和参与，是兰州市创建"全国文化体育建设示范市"的重要组成部分。

兰州广电总台高度关注"全国残疾人文化体育建设示范市"创建活动，用电波将创建活动动态及时传播到城市的各个角落。配有手语播报的"兰州新闻"电视栏目是兰州残疾人了解城市发展变化的重要窗口。"兰州新闻"对创建活动进行了全程报道，不仅使残疾人观众对创建活动有了更深的认识，更使广大市民对创建活动给予了更多的理解和支持。《兰州日报》特发专版对创建工作进行了全面介绍，《兰州晚报》对残疾人"圆梦行动"和文化成果进行了系列深入的宣传报道。新闻单位的宣传支持不仅提高了社会大众对兰州创建"全国残疾人文化体育建设示范市"工作的认识，而且使广大残疾人走出了家门，投身到创建实践活动中去。

残疾人是创建活动的受益者，更是创建活动的主体和核心。兰州市各级残联组织将创建活动与维护残疾人权益、发展残疾人事业的各项工作统筹协调，共同推进，在加强残疾人文化体育示范点建设的过程中，从满足残疾人精神文化和体育健身需要出发，发挥优势，突出特色，广泛发动残疾人积极参与创建活动。

城关区通过区残疾人艺术团、手工编制社、伏龙坪街道残疾人腰鼓队和特奥活动示范区的示范引领，从各个层面带动了全区残疾人文化体育活动的开展。

七里河区通过残疾人体育健身活动，建立起了全省第一

内容丰富的残疾人文艺活动

解说影像，一份情怀

形式多样的残疾人文体活动

支残疾人轮椅太极队，这支特殊的轮椅太极队与区残疾人艺术团经常深入社区、村社、学校、军营进行演出，在展现残疾人自强不息精神风貌的同时，也为全区精神文明建设工作增添了新内容。

西固区充分发挥工业企业集中、群众性文艺体育活动基础良好的优势，常年坚持组织残疾人读书活动，为方便视障残疾人阅读，在区图书馆建设了国内一流的视障残疾人设施，建设了区残疾人文体活动中心，组建了甘肃省首家盲人乐队，提高了残疾人文艺体育活动的水平和参与社会的能力。

安宁区利用高校集中、智力资源丰富的有利条件，积极开展"科技助残"、"文化助残"和"法律助残"等活动，让广大残疾人群众感受到创建工作的实际效果。

榆中县着力发挥创建示范点的示范带动作用，在高墩营村将残疾人文化体育示范点创建工作与村文化体育广场建设相结合，建设了残疾人图书阅览室和盲人阅览室，为全县创建工作树立了典范。

皋兰县在水阜乡组建了皋兰县文化体育创建示范点，国家级非物质文化遗产项目"兰州鼓子"在这里有一定的群众基础，皋兰县将创建活动与非物质文化遗产保护传承工作相结合，组织残疾人爱好者向老艺人学习"兰州鼓子"的表演技艺，在使他们更切身地感受"兰州鼓子"独特魅力的同时，也增加了对非物质文化遗产保护工作的认识。

红古区以社区文化站为基础，创建了相对完善的残疾人文体活动示范点，将残疾人文体活动与社区、村社活动相结合，体现了残健融合的发展理念。

永登县以武胜驿镇火家台村、大同镇跌马沟村、红城镇宁朔村的文化体育活动场地为依托，创建残疾人文化体育示范点，带动了周边乡村残疾人文化体育活动的开展。

创建活动激发了广大残疾人的热情，他们积极参与创建活动，用行动回馈社会的关心与帮助。

这位拉二胡的中年人叫瞿平元，是甘肃省肿瘤医院的皮肤科主任，医院的专家组成员。他也是一位残疾人，左腿残疾使他行动不便。然而，他以高尚的医德、精湛的医术赢得了广大患者的敬重，获得了全国自强模范的荣誉称号。医生的工作紧张而繁忙，而瞿平元却想方设法挤出时间，在七里河残联组织的一支残疾人艺术团里担任团长，为丰富残疾人的文化生活加油助力。

解说影像，一份情怀

创建"全国残疾人文化体育示范市"活动有力地推动了兰州市残疾人文化体育事业的繁荣发展，促进了残疾人文化体育活动水平的提高。

近年来，兰州市先后建立起了6个残疾人艺术培养基地，挖掘培养了一大批优秀残疾人艺术人才，成为城市文化艺术队伍中的一支重要力量。在甘肃省五届残疾人文艺汇演和三届残疾人器乐比赛中，兰州残疾人演员取得了7个第一名和1个第二名的好成绩，全市有6名特艺人才入选中国残疾人艺术团。

残疾人体育健身运动的广泛开展，也为残疾人竞技体育打下了良好的群众基础。近年来，兰州市通过选拔、培养，打造了一支优秀的残疾人运动员队伍。在全国残疾人运动会上，来自兰州的残疾人运动员共获得6枚金牌、2枚银牌、3枚铜牌，并打破了1项世界纪录。在世界重大残疾人运动竞技场上，也有兰州残疾人运动员的身影。在世界夏季特殊奥林

在赛场上拼搏的兰州残疾人运动员

匹克运动会、远东和南太平洋地区残疾人运动会上，代表中国参赛的兰州残疾人运动员共获得金牌17枚、银牌9枚、铜牌7枚，为国家争得了荣誉。在第八届甘肃省残疾人运动会上，兰州市残疾人代表队取得了金牌总数、奖牌总数和团体总分三个第一，并打破了67项甘肃省纪录。在第三届甘肃省特殊奥林匹克运动会上，兰州市特奥代表队取得了14枚金牌、10枚银牌、6枚铜牌，金牌总数、奖牌总数均居全省第一，并获得体育道德风尚奖。优异的成绩，使兰州市被中国残联、国家体育总局授予全国特奥工作先进单位的称号，兰州市有10个社区被中国残联、甘肃省残联授予特奥工作示范社区称号。

在兰州交通大学的操场上，王绪勇正在利用课余时间抓紧训练。一次意外的车祸使他终身残疾，但他却用自己的坚毅重回课堂，继续自己的学业。现在他也是一名优秀的残疾人运动员，他正在为即将到来的全国残疾人运动会做准备。

在训练场上的王绪勇

解说影像，一份情怀

王绪勇（残障人，学生）：

2014年6月，我参加了"全国残疾人田径锦标赛"，获得男子F44级标枪第二名、铁饼第三名、铅球第六名的成绩，并获得了2015年9月全国残疾人运动会的参赛资格。我希望用优异的成绩感谢学校老师和同学们的关怀，感谢残联组织的帮助，感谢教练员对我的培养。

眼前的这本书出自一位中学生之手，记述了作者在病魔之下与命运顽强抗争的切身经历。这本书的作者就是坐在轮椅上的刘大铭。刘大铭自幼罹患世界性罕见疾病成骨不全症，病魔虽然将他困在轮椅上，但他的心却飞向广阔的世界。

刘大铭（残障人，学生）：

我目前就读于NCOK国际预科班，准备在明年的时候申请英国剑桥大学进行更进一步的深造，对于未来，我希望我能结合我自身的切身经历，创作出更多更好的有益于人类发展、有益于社会健康，能够给人们带来心理上慰藉和震撼的

刘大铭和他的《命运之上》

作品，也希望能因为我的存在，而使世界发生一点与众不同的变化。

每一位残疾人都是我们这个城市大家庭中不可或缺的一员，每一位残疾人自强不息的故事都会让我们感受到心灵的震撼。命运让他们经受着磨难，而社会给他们的生命以力量，他们的自信、自尊、自立、自强将不只是令我们感动，而且也升华了我们对于生命意义的认识。

张军（兰州市残疾人联合会副理事长）：

残疾人是社会的弱势群体，由于身体残障，他们无法像健全人那样正常地学习、生活和工作。让他们在创造和享受新生活的同时，也和我们一起憧憬和描绘未来的美好蓝图，去共同实现"中国梦"，这是社会的责任，更是党和政府以及我们广大助残人士继续努力的奋斗方向。

曾经在北京残奥会开幕式上演唱的杨海涛现在是康复中心的按摩医师，在这座城市里，他体验着工作的充实和生活的快乐。

杨海涛（盲人，按摩师）：

正是因为音乐，使我有了与其他盲人不一样的人生。我希望用歌声唱出生活的美好，也希望我的歌声能够带给人们更多的美好。

今天的他脚步更加坚实，而他的"音乐梦"还会继续延续……

解说影像，一份情怀

敢声里 我走进广阔的天城

在北京残奥会开幕式上

　　2008 年北京残奥会开幕式上，杨海涛演唱主题歌《天域》。

　　兰州，这个城市曾培育和形成了以《读者》杂志、《丝路花雨》、《大梦敦煌》、《鼓舞中国》等舞剧为代表的一批蜚声中外的文化艺术精品，而创建"全国残疾人文化体育示范市"工作，必将进一步推动兰州市残疾人文化体育事业的繁荣发展，加快兰州残疾人事业进入全国先进行列的步伐，使这座古老而年轻的西部城市更有活力，更加美好。

（《给生命以力量》解说词，2014 年）

聆听西北

（节选）

引　子

　　眺望着茫茫无尽的群山，倾听着苍凉悠远的"花儿"，大西北的古朴与苍茫便如那扑面而来的山风，让我们感受到凝重与深沉。

　　大自然的沧海桑田曾在这里刻蚀出斑驳陆离

的历史年轮，在黄土高原的千山万壑之间，我们聆听到那大西北人倔犟顽强的声音。

第一集　站在高山望平川

黄土高原的初夏生机盎然，定西县城里一派热闹景象。刚刚拓宽的马路和城里好几处正在兴建的楼房，使得这个小县城好像是一个喧闹的大工地。

定西曾被人称为"苦甲天下"，它是大西北自然历史变迁的一个缩影。在这里，我们可以看到西北高原曾经有过的繁茂、凋零与正在走向复兴的整个过程。

定西地区位于甘肃省中部，通称"陇中"。定西如同黄土高原的许多地方一样，也曾有过古老的灿烂与昨天的辛酸。

古老的彩陶是悠久的黄河文明的生动写照，认识黄土高

陇中黄土高原

原的历史，也就必须要从这些古老的彩陶开始。

在黄河上游诸多的彩陶文化遗址中，定西的马家窑新石器文化遗址十分引人注目。

杨建新（兰州大学教授）：

马家窑文化是我们甘青地区新石器时期后期的一种文化，马家窑是甘肃临洮的一个地名，20世纪20年代，在这个地方发现了很多彩陶，人们就把这个地方出现的以彩陶为代表的文化称为马家窑文化。经过多年的研究，人们认为它是与中原地区仰韶文化后期并存的一种文化，是甘青地区特有的文化。因此，也有人把马家窑文化称之为甘肃的仰韶文化。这个文化的特征主要就是以在陶器上有大量的彩绘图案作为它的标志。在整个的陶器发展历史中间，马家窑时期的彩陶最为丰富，最为发达，是其他时期的彩陶不可比拟的。从马家窑彩陶的彩绘图案，我们可以看到，当时生活在甘青地区的原始先民已经能够进行抽象思维，有了非常高超的绘画技术，而且在使用色彩方面有了自己的独到之处，这在当时是处于领先地位的。这个文化散布在甘肃的大部分地区以及青海、宁夏和内蒙古西部的一些地区，它的社会状况主要是以农业为主，兼营畜牧业，同时它的社会发展阶段大约是在母系时期的后期，将要进入阶级和国家的时期。

黄土高原以自己的丰厚与博大，孕育了厚重的中华民族史前文化。甘肃大地是中华文明的重要发祥地之一。让我们

解说影像，一份情怀

马家窑彩陶

再将目光延伸到甘肃境内另一个年代更为久远、影响更为重大的原始文化早期遗址——秦安大地湾文化遗址。

大地湾文化遗址坐落于天水市秦安县五营乡。在清水河南岸的台地上，在数千年堆积起来的黄土层下，悄然埋藏着一个规模巨大的原始部落遗址。

程晓钟（大地湾文物管理所所长）：

大地湾文化是迄今我国发现时代最早的新石器彩陶文化之一，它和两河流域的耶莫有陶文化和哈逊纳文化的时代大体相当，同是世界上最早的彩陶文化，距今约7800年。大地湾文化跨越了悠久的历史年代，延续达3000多年，经历了大地湾一期文化、仰韶文化和仰韶文化向齐家文化过渡的常山下层类型。它的发现表明，这里是黄河上游中华文明的重要发祥地之一。

认识一个民族的历史，不仅在于对她曾经经历过的岁月的考古发现，一个民族的历史也在她代代相传的神话故事里

聆听西北

找到她最初的生长环境。在中华民族的创世神话中，许多伟大的英雄故事就是以这片黄土高原为背景而展开的。当我们面对这厚重的黄土层时，我们无法想象原始先民他们当时的生活场景。

王三北（西北师范大学教授）：

甘肃省是中国的一个内陆省份，它所处的地理位置是非常特殊的。因为它恰好是处在三个高原的交会之处，在甘肃的东部和中部是黄土高原，越过乌鞘岭后就是河西走廊，河西走廊恰恰就是青藏高原和蒙古高原的交会处。这种特殊的地理位置使得甘肃的生态环境丰富多样，自古以来，就为各种生产方式和生活方式带来了存在多样性的可能。从现在我们掌握的考古资料来看，甘肃是中国古代文明的一个发祥地，而且是非常重要的一个发祥地。它是最早期的农业的发祥地，从大地湾文化、马家窑文化都可以生动地反映当时比较发达的农业经济。这也反映出当时的气候和生态环境是适宜于原始农业孕育和发生的。在原始农业产生和发展的同时，早期的畜牧业在甘肃地区也有很发达的辉煌的历史，像马家窑、半山、马厂文化以及齐家文化墓葬中都有大量的猪、狗、羊的骨头。能够反映最早期农业文明的应该是大地湾文化了，大地湾文化在同时期全国各地的原始文化中处于领先地位，它所反映的早期定居生活也是很发达的，特别是作为氏族公共活动场所的大房子遗迹，所反映出来的建筑的

145

样式，是中国最早期的木结构宫殿式建筑的雏形，以后汉文化整个建筑样式都可以从这里找到源头。我们现在可以看到，甘肃在新石器时代广泛的文化遗存具有明显和突出的地方色彩，现在可以将它总结为早期的黄河上游的黄河文明的一个独特的类型。在甘肃新石器时期后期，开始出现冶铜技术，目前中国发现最早的冶铜出土是在甘肃的齐家文化，而这也是与定居的农耕文化相关联的。甘肃发达的新石器文化反过来也可以证明，在当时人们生产能力还比较低下的条件下，他们所选择的生存环境一定是比较适宜于人们来进行耕作的，以及取得各种生活资料。这也可以证明，在当时，甘肃地区的整个生态环境条件比我们想象的可能要好得多。

远古的历史太为久远，让我们再将目光转向1000多公里外的敦煌，在这里我们又会了解到另一个与现实场景相去甚远的历史面貌。

苍茫广袤的黄土高原

聆听西北

余书勤（玉门关文物管理所所长）：

这就是大家看到的汉长城。汉长城从这里到西边最远的距离约有300多公里，中间的烽燧从这个地方开始向西一共有86个烽燧，它的主要结构就是沙土和芦苇。修筑长城都是就地取材，可见当时芦苇生长相当茂盛，与夯土夯起来的，这说明当时敦煌的气候是相当好的。今天我们看到的已经很荒凉了，气候也很干燥了……

敦煌是河西走廊最西端的一个城市。"敦者，大也；煌者，盛也。大而盛者曰敦煌。"汉武帝设立河西四郡，用这样浑厚的字眼儿去命名一个地处边隅的地方是有一定道理的。

苏惠萍（敦煌市博物馆讲解员）：

敦煌位于河西走廊最西端，是狭长的河西走廊与广阔的西域的交会处。敦煌命名的时候，是在汉武帝元鼎六年，也就是公元前111年，敦煌这个美名沿用至今，有2100年的历

敦煌汉长城

解说影像，一份情怀

史。正因为敦煌地理位置的重要，所以它是兵家必争之地。早在秦以前，这里是少数民族的游牧地。匈奴时期，它吞并了这边的少数民族月氏和乌孙，直接威胁着中原王朝的稳定和发展。汉武帝击败匈奴开通丝绸之路后，为了经营河西这片地方，确保丝绸之路的畅通，在河西设四郡，据两关，丝绸之路总凑敦煌，是其咽喉之地。到了唐代以后，敦煌不仅是中西交往的经济、政治、贸易的枢纽，也是文化大发展的市场。当时敦煌有早市、中市和晚市，可见当时敦煌在全国来说也是很繁荣的一个地区。到了唐代中末期以后，随着海上丝绸之路的开通，政治文化中心的东移，商旅使者开始逐渐行走于海上丝绸之路，而过敦煌的三条丝路要穿越沙漠，翻过葱岭，所以就逐渐被废弃了。到了明代以后，由于两次关闭嘉峪关，这里也成为少数民族的游牧地。清康中叶以后，清政府开始重新经营这片地方，但是它已经失去了往日的繁华景象。

开凿于鸣沙山东麓断崖上的莫高窟，是现存规模最宏大的世界艺术宝库。她从另一个侧面证实了敦煌在古丝绸之路繁华时期的重要地位。

这清清的一泓碧泉，就是与莫高窟隔山相邻的大漠奇观——月牙泉。泉水形成一湖，在沙丘环抱之中酷似一弯新月，不啻为大自然的鬼斧神工。

盛夏的戈壁滩，热浪灼人，2000多年前的烽燧墩，残破败落，却依旧兀自耸立在烈日下。远方来的游客兴致盎然，茫茫无际的戈壁荒野，令他们的遐思延伸得很远。

孙惠玲（旅行社导游）：

提起阳关，大家都会问它的遗址究竟在什么地方。其实真正的阳关遗址是在这个烽火台往南1公里处，大家看到这片茫茫戈壁上有一些泛黑颜色的地方，当时的阳关就在那个方向。阳关的关城当时是非常宏伟的，据考证有38550人居住。在那里还有一个5.5平方公里的古董滩，在那里现在还可以捡到一些料珠、玛瑙、钱币等文物。但阳关遗址已不复存在了，是因为环境的破坏，一场大雨过后，山洪暴发，将阳关遗址埋没于茫茫戈壁沙漠之中。

在空旷无边的戈壁滩上，已经难以找到昔日的西风古韵，渥洼池大片大片的水美丽而又寂寞。

离开这中古时代的西部边塞，沿途上，我们不时仍可以

敦煌阳关故址——古董滩

解说影像，一份情怀

隐没于茫茫戈壁之中的丝路故道

看到倾圮的荒城，淹没于沙海中的红柳，以及几乎没于地面的汉长城⋯⋯

历史上，甘肃一直是西北地区经济文化交流的中心，是连接内地与边疆少数民族地区的交通要道，也是内地经济向少数民族地区辐射的主要过渡带。

在古时被称为甘州的张掖，在焉支山下，公元609年，这里曾发生过一件令后人津津乐道的事件。

多红斌（张掖地区文学艺术联合会主席）：

在隋朝前期，隋王朝派出了一个叫裴矩的大臣到张掖来主持与西域互市的工作。同时，隋王朝给他还安排了一项任务，要通过与西域的人打交道，了解西域的民族、文化、风俗。裴矩在这个地方写出了一本著作，叫《西域图记》。裴矩到了张掖三年以后，就导致了隋炀帝的西巡。这是公元609年的事情。隋炀帝带着大军从长安出发，渡过黄河，打到了青海，在青海与威胁中央王朝的吐谷浑势力进行了一场恶战，把青海吐谷浑的势力消灭了。取得了与吐谷浑战役的胜利以后，隋炀帝越过祁连山，进入河西走廊。史书上记载，他是在六月，这是农历的六月，翻过祁连山的，在翻越祁连山时天降大雪，他的兵马三分之二以上都被冻死了。就是在这样的情况下，隋炀帝还是下了最大的决心越过祁连山，进入了河西走廊，到焉支山下，在道左设了一个观风行殿。史书上记载，绵亘数十里，他在祁连山下主持召开了"万国博览会"，会见了西域27国的君主使臣。这是了不起的事情，我们可以想象，焉支山的风光秀美，焉支山下的草原繁茂，焉支山下人民的安居和乐业。

西汉时期，张骞两通西域，开辟了闻名世界的丝绸之路。甘肃是中西陆地交通的必经通道和重要门户，丝绸之路横贯甘肃全境。甘肃自古就是多民族聚居地，地理位置的重

焉支山

解说影像，一份情怀

祁连山草原牧场

要性，使甘肃必然成为兵家必争之地。

王三北（西北师范大学教授）：

甘肃自古就是多民族错居杂处的地区，同时它也是一个民族大迁徙的通道，不但丝绸之路是东西迁徙的通道，而且从蒙古高原到青藏高原去也是要通过甘肃。所以在这一带就引起了非常激烈的、长期的很多民族势力之间的争夺，这种复杂的大规模的战争，不但给当地人民的生命财产造成很大损失，同时也会极大地破坏这个地区的生态环境。

让我们将目光再收回到山峦起伏的黄土高原上。那山头上的土堡可曾是藏兵的山寨？那山谷中可曾有过惨烈的厮杀？

面对着绵延不断的陇山，我们不能不感叹历史的沧海桑田，不能不思考未来的发展之路。

20世纪80年代中期以来，中共甘肃省委、甘肃省人民政府着眼于整治国土、发展经济，将"停止植被破坏，解决群

黄土高原干旱区严酷的生态环境

众温饱"提到了发展战略的高度，将保护生态环境与人民群众的脱贫致富相结合，在中央的大力支持下，开始了人口、资源、环境与社会经济协调发展的探索之路。

伍光和（兰州大学教授）：

因为历史上的区域大开发，几乎毫无例外地造成了生态大破坏的后果，所以这次中央在制定西部大开发战略当中，把生态环境建设提到了非常重要的地位。我觉得这个决策是正确的和有远见的。甘肃占有三大自然区，而且处于长江支流上游和黄河上游，再加上处于中国大陆上很重要的冬季西北风的上游地区，所以它的任何变化都会给下游方、下风方带来很重要的影响，所以在这个地方的生态环境建设就不仅仅是甘肃一个省的问题。

甘肃地处黄河、长江上中游水土流失和西北沙尘暴的重灾区，甘肃生态环境的好坏，不仅影响着甘肃省经济社会的发展，也直接影响黄河、长江中下游地区的环境安全。改善

解说影像，一份情怀

甘肃的生态环境，既有利于甘肃和西北地区经济、社会与环境的协调发展，也为黄河、长江下游竖起了一道生态屏障。

甘肃自然环境严酷，贫困人口较多，发展难度大，从根本上改变相对落后的面貌，对于缩小东西部地区差距、实现全国第三步战略目标将具有重大现实意义。作为一个农业大省，以及成长中的工业经济以资源开发为主的现实，迫使甘肃省必须把生态保护摆到和社会经济发展同等重要的位置。

在黄土高原的中部山区中，九华沟流域水土保持综合治理项目，深深地吸引着党和国家领导人关注的目光，党和国家十分关心贫困地区人民的温饱，将生态环境建设列入西部大开发战略中最重要的内容之一，为西部地区广大人民摆脱严酷的生存环境，实现可持续发展找到了一条根本的出路。

当我们站在这披满新绿的山岗上，眺望着春意盎然的山川河谷中那生机勃勃的发展景象时，我们看到了甘肃美好未来的希望。

定西九华沟流域水土流失治理工程

第二集 大河岸边的树林

西北高原的天空清澈透蓝，蓝天白云下，山峦起伏，大河奔流。

黄河是中华民族的母亲河，她从西北高原上奔腾穿过，养育了世世代代的华夏儿女。然而，黄土高原脆弱的生态环境，使黄河两岸重山耸立，一片苍茫。水土流失成为制约这里社会经济发展的最重要的问题之一。

水土流失是一个沉重的话题，它甚至影响到全国的生态安全。一位外国专家来到中国，看见滚滚黄河挟带着大量泥沙奔流而去，曾这样说道："黄河流的不是泥沙，而是中华民族的血液，平均每年泥沙量高达 16 亿吨，这不是微血管破裂，而是主动脉出血。"养育我们的黄河母亲主动脉在不停地流血，只能使母亲的身体越来越瘦。所以，黄土高原水土流失无不与贫困相联系。

（访谈：甘肃省水利厅水土保持局专家介绍甘肃省水土流失情况。访谈内容略）

土地是人类生存的基质，只有土地才能满足人们的基本需要，对于土地资源非常珍贵的中国，对于水土流失非常严重的甘肃，没有比保护土壤更重要的生态建设任务了。

梯田是我国劳动人民的发明创造，是治理水土流失的有

解说影像，一份情怀

效措施。梯田可以减少径流的80%，减少雨水冲刷的90%，增产粮食两倍至三倍。在黄土高原坡地上兴修梯田成为西北人民治理水土流失的必然选择。

眼前这片壮观的梯田，是甘肃省平凉地区庄浪县人民几十年艰苦奋斗创造的奇迹。庄浪县地处黄土高原中部地区，是甘肃省人口密度较大的县之一，以前也是甘肃省的贫困县之一。庄浪人民为了根治水土流失，数十年坚持农田基本建设，把兴修梯田当作改变农业生产条件，实现粮食自给，解决群众生存的根本途径。

40万庄浪人，30多年挖山不止，挖出了一个庄浪精神，挖出了一个中国梯田化模范县。庄浪人改造穷山恶水的故事，感天动地。

庄浪人修梯田移动土石方2.76亿立方米，都说庄浪人是活愚公，但是庄浪人更讲科学，面对荒山荒沟，庄浪人民按照优质化、规范化、规模化的标准集中统一，连片治理，每年新修标准化梯田3万亩。与此同时，全县广大干部群众向贫困宣战，不断加大扶贫攻坚的力度，从1983年到1998年的16年间，全县累计解决了21.4万人的温饱问题，使社会贫困面下降到了4.9%，实现了整县基本解决温饱的目标。庄浪县通过梯田建设，有效地控制了水土流失，庄浪县成为在黄土高原上解决这一生态问题的典范，被国家水利部命名为第一个"中国梯田化模范县"。

聆听西北

（访谈：庄浪县水利局领导介绍庄浪县梯田建设规划。访谈内容略）

今日的庄浪县，层层梯田，满目滴翠，树木绕村，鸟语花香。庄浪人民以数十年的工夫重新安排自己的家园，形成了振奋人心的"庄浪精神"，使庄浪县进入国家首批公布的"生态农业县"的行列。

"庄浪精神"如大西北挺拔的山脉，是蕴藏在大西北人民心目中建设美好家园精神风貌的展现，是西部大开发中一笔丰厚的精神财富。

20世纪80年代初，党中央、国务院为解决黄土高原中部地区人民群众在严酷的自然环境下生活极度贫困的问题，决定将甘肃的定西、河西和宁夏的西海固列为全国农业区域性开发建设的重点，每年拨建设资金2亿元，开展了通过基本停止植被破坏，初步解决温饱，然后再向致富迈进的"三西"建设。

定西九华沟流域水土流失治理工程

解说影像，一份情怀

定西县位于黄土高原中部山区，这里曾满目疮痍，苍凉贫瘠，以"苦甲天下"而闻名于世。定西人在与贫困苦苦抗争的数十年中，深刻地认识到：定西苦，苦在恶劣的生态环境，不治理环境，农业生产就无法提高效益，群众实现脱贫致富就只能是一句空话。

定西县青岚乡大坪村，从1964年开始，全村人民苦修梯田，经过20年的奋斗，使全村97%的耕地全部实现了梯田化，粮食亩产、人均产粮、人均纯收入分别比治理前提高了3.1倍、3.6倍和10.2倍，成为干旱山区脱贫致富的典型。

（访谈：定西县青岚乡大坪村农民介绍治理水土流失带来的生活变化。访谈内容略）

1983年定西官兴岔流域被列为黄河中游水土流失治理重点。通过多年的集中、连片、规模治理，全流域兴修梯田11000亩，造林12000亩，种草3000亩，各类拦蓄工程1500多处，形成了典型的"山顶戴帽子，山腰系带子，山坡披褂子，山脚围裙子，沟底穿靴子"的治理模式，官兴岔绿了，官兴岔也富了。

1987年甘肃省第一个利用世界银行贷款建设的水土保持项目——关川河流域综合治理项目开始实施，这项由国家出资，政府领导，国际组织援助，科技专家指导，广大干部群众一起上的综合治理工程，通过兴修梯田、造林种草、拉电修路、筑坝蓄水，开发土地资源，使占全县面积54.8%的项目区发生了根本性的变化。定西人民充分认识到，以水土保持为主的综合治理，可以改变定西的明天，可以创造定西山川秀美的未来。

定西县将"水保立县"，与农业稳县、工业富县、科技兴县、依法治县并列，作为党委、政府指导全县工作的总体战略部署，这种提法在全国尚属首例。

定西人在治理水土流失过程中，尝到了甜头，找到了发展之路。

（访谈：定西县水保局技术人员介绍定西县水土流失治理工作。访谈内容略）

实施"西部大开发"战略，实现西部地区的可持续发展，为定西地区生态环境建设注入了新的活力，中共定西地委、地区行署加强对生态环境建设的领导。勤劳朴实的定西人民怀着对未来的美好憧憬，在荒山乱沟上修梯田、打水窖、植树种草，改变着山的面貌，也改变着自己的面貌。

定西水土流失治理工程

解说影像，一份情怀

定西县杏园乡从 1999 年开始，乡党委、政府带领群众大搞农田基本建设，兴修梯田，仅用两年时间，就将全乡 95% 以上的山地修成了水平梯田，5 万亩梯田挂山坡，昔日连种子都收不回来的贫瘠地成了高产田，平均产粮 300 多公斤，成为全县实现梯田化第一乡。

多年的实践推动着定西人水保观不断走向深入。从 30 多年前的单纯修梯田，到 20 多年前的山水田林路综合治理，再到近些年的综合治理与综合开发相结合，走出了一条水土保持与社会经济协调发展的路子，定西人不仅治了山，而且也治了穷，形成了山区人民脱贫致富奔小康的新的发展模式。

九华沟流域综合治理项目从 1997 年开始实施，经过四年多的治理，昔日沟壑纵横、支离破碎、地表植被稀疏、人民生活极为贫困的惨淡景象已被满目新绿的喜人景象所替代。山峦间梯田层层，绿色尽染。一排排小树挺拔茁壮，生机盎然，全流域累计兴修梯田 4.5 万亩，人均 6.5 亩，造林留床 4.8 万亩，种草留床 2.2 万亩，治理程度达到了 86.3%。在进行生态治理的同时，水保人员把开发融入治理中，号召群众调整种植结构，发展第三产业，在增收上做文章。九华沟流域发生了翻天覆地的巨大变化。江泽民同志在定西地区视察工作时亲临这里，对九华沟治理成果给予了充分肯定。

地处渭河上游的陇西县，是典型的黄土高原丘陵沟壑区，境内山峦重叠，沟壑纵横，水土流失十分严重，生态环境极为脆弱，全县水土流失面积近2400平方公里，占全县土地总面积的99.6%。由于自然和历史的原因，人类过度的砍伐垦荒，全县天然森林所剩无几，荒山秃岭连绵不绝。1999年，陇西县被列为国家第三批生态环境建设综合治理工程项目试点县，这是陇西县加快改善生态步伐，重建绿色家园，优化投资环境，实现经济和社会可持续发展的千载难逢的良机。

三年多的项目建设，在陇西县形成了"县委决策、政府主持、生态办搭台，全县上下同唱一台戏"的生态环境建设工作格局，全县人民生态环境的意识明显增强，"改善生态环境，建设美好家园"的认识观念已深入人心。通过项目实施，治理区内的立地条件明显改善，农业结构趋于合理，农民收入也有了明显增加。

（访谈：陇西县生态办技术人员介绍陇西县生态环境建设工作主要经验。访谈内容略）

临洮县花麻沟流域，层层梯田绕山坡，层层绿意染山窝。通过几年的治理，花麻沟流域变了，当地群众把地修平以后，开始调整农业结构，发展马铃薯、中药材等，农民收入一年比一年高，1998年，流域内人均收入仅为711元，而2001年底则达到1319元，增长了近一倍。

定西地区生态环境和生存环境的改善，不仅仅是领导苦抓、社会苦帮、群众苦干的结果，更为关键的是，定西人在

解说影像，一份情怀

临洮县水土流失治理工程

实践的过程中，充分认识到科学理论对于指导实践的重要意义，他们在实践中找寻科学规律，广大科技人员在发展水保事业的过程中功不可没。

这位说话不多，朴实近人的水保专家，就是定西地区水保站站长景亚安同志。他已经在定西水保战线上工作了20余年，先后荣获定西地区"优秀拔尖人才"、甘肃省优秀专家、全国水土保持先进工作者等荣誉称号。景亚安同志先后负责实施了定西县官兴岔流域实验示范项目、关川河流域世界银行贷款项目、九华沟流域综合治理与开发项目等，通过不断摸索，在实践中，他率领广大科技人员把治理与开发有机结合起来，从规划设计、分析论证到建设期间的技术管理等方面，坚持综合、快速、科学、高速的建设原则，形成了治理水土流失与脱贫致富相结合、传统农业与现代农业相结合、生态效益与经济效益相结合、治理开发与市场经济相结合的工作思路，科学运用"径流调控理论"，使治理成果达到了国际先进水平，九华沟项目成为甘肃省乃至全国流域治理的典范。

定西地区脱贫致富的历史，是一部治理水土流失和实现农业综合开发的创业史，是一部生态环境建设和区域经济协调发展的奋斗史。定西面貌巨变的历史，写在每一条沟里，写在每一座山上，写在梯田，写在树梢……

地处秦巴山区秦岭北部的天水市秦城区，横跨黄河、长江两大流域，属黄土梁峁沟壑区，水土流失严重。秦城区以西部大开发为契机，积极实施黄河流域水土保持耤河示范区项目，促进了全区水保工作的全面开展。秦城区在耤河示范区项目建设中，坚持"以南北二山为重点，治理与开发并举，突出科技，科学规划，人机结合，全面配套，综合开发，建设优质高效示范区"的指导思想，以高起点、高标准、高效益、优质化、上规模、创特色为目标，紧抓项目实施的良好机遇，山、水、田、林、路综合治理，运用生物、工程、科技三大措施，加强领导，广泛发动群众，苦干实干，全面推进工程建设。

韩家湾小流域是耤河示范区项目建设的高效示范流域之一，是耤河中游北岸的一级支流。项目实施以来，坚持以"综合治理规模化、集雨节灌系统化、陡坡耕地梯田化、沟坡陡地林果化、田间道路网络化、山地农田高效化"的治理思路，从梁峁到沟道梯次推进，综合治理，形成了立体综合防

解说影像，一份情怀

治体系。共治理水土流失面积470多公顷，其中，修高标准梯田2300亩，优质果园4100亩，造林500亩，地坎种草200亩，栽植黄花24万株，修农机路4条15公里，人饮及集雨节灌水窖847眼，治理程度达到81%。

秦城区以改善生态环境，发展高效农业为目标，将水土流失严重的城效北部的红旗山列为生态经济型水土保持治理区，综合治理，深度开发。他们坚持工程措施与生物措施相结合，绿化与美化相结合，按沿梁沿带、地坎绿化、规模建园的思路，机修梯田5500亩，建淤地坝5座，小型沟道工程584处，在梁峁营造水保林带650亩，荒山荒坡造林1020亩，建优质果园1350亩，乔灌草结合绿化地坎、地埂2550亩，栽植塔柏、刺柏等常绿乔木18万株。林草覆盖率由原来的3.4%提高到了56.7%。在抓好生态环境建设的同时，将调整结构与产业开发相结合，大力发展高效农业，取得了较好的社会、生态、经济效益。

天水市水土流失治理工程

聆听西北

（访谈：天水市秦城区领导介绍抓生态建设、促特色农业发展取得的成绩。访谈内容略）

长江发源于西北，长江上游的水土流失同样也令人触目惊心。长江上游支流白龙江、西汉水流域，属于秦巴山区，地貌主要由石质山地和丘陵构成。山地面积占总面积的90%以上。山区土层较薄，稳定性差，水土流失使土石山很快变成"土少石头多，坡陡乱石窝"的不毛之地。在水土流失的作用下，这里也同黄土高原一样，是我国贫困人口分布最集中的地方。

更为严重的是，伴随着夏秋季强降水，位于甘肃东南部的陇南、天水等地区，山体滑坡、泥石流等重大灾害时有发生，给当地人民的生命和财产造成重大损失。

"长治工程"充分调动起了长江上游流域地区人民群众建设美好家园的聪明才智。水土保持，科技先行。在科技人员的帮助指导下，人们在梁峁上植树造林，将陡坡地改造成高

甘肃南部山大沟深，水土流失触目惊心

解说影像，一份情怀

标准水平梯田，对小流域和集水区进行综合治理，有效地遏制了水土流失造成的危害，改善了生存生产环境。

武都县甘家沟小流域是仅次于我国云南东川的第二大泥石流沟，属烈度侵蚀区，泥石流频繁暴发，危害异常严重。甘家沟泥石流拦挡坝工程，属于国列国土整治工程，总投资1100万元，其中国家投资600万元。在国家的大力支持下，这项工程于1995年5月开始动工，1998年4月完工，共修建浆砌石拦挡坝10座，有效地遏制了严重的地质灾害。这项造福一方的工程也为土石山区滑坡、泥石流等地质灾害的防治总结出了经验，探索出了路子。

（访谈：武都县领导介绍武都实施"长治工程"取得的成效。访谈内容略）

成县地处秦岭山地南麓，属长江流域嘉陵江水系，水土流失面积1295平方公里，占全县总面积的72%，水土流失是危害当地社会经济发展的重要因素之一。中共成县县委、县政府抢抓"西部大开发"的良好机遇，以"长治工程"为契机，积极组织实施"成县水土保持生态环境建设大示范区"建设工程。根据示范区自然和社会条件及水土流失现状，在遵循自然规律和经济规律的基础上，明确指导思想，优化治理模式，将大示范区划分为东部高效农业开发示范区、中部城效型小流域治理示范区和西部生态农业示范区三个示范小区，采用不同的开发治理模式，实现社会、经济、生态效益的统一发展。

东部是典型的浅山丘陵区，自然条件较好，适宜农业生产，因此，在这里进行治理开发，选择的模式是通过加强农业基础设施建设，改善农业生产条件，推广"多干田"建设，推动"两高一优"农业的发展。

中部是成县著名的人文景观聚集区，自然条件好，交通便利，土层较厚，对此，将这里的治理开发模式确立为城效型小流域治理示范区，即以人文景观的绿化为重点，依托城市、服务城市，采用大力发展经济林果、加快蔬菜瓜果基地建设、高标准营造生态林等措施确保治理开发效果。

西部是半干旱农业区，自然条件较差，生态环境脆弱，因此，将这里确定为生态农业治理建设示范区，主要采取的措施是增加植被、建设高标准基本农田、实施退耕还林、开发地埂经济等，推动生态环境建设与农业开发的协调发展。

（访谈：成县领导介绍实施"长治工程"对社会经济发展的促进作用。访谈内容略）

水土保持生态环境建设大示范区项目的实施，全面推动了成县生态环境建设步伐，改善了群众生活生产条件，促进了全县社会经济的健康发展。

"长治工程"的实施，不仅改善了长江上游地区的农业生产条件，而且也改变了千百年来人们粗犷式的耕作方式，使人民群众认识到了保护生态环境的重要意义。

解说影像，一份情怀

陇南长江流域水土流失治理工程

生态环境建设不仅是"政府工程"，同时它也是"群众工程"。在市场经济条件下，充分调动广大人民群众的参与热情和创造精神，加快水土流失防治步伐，巩固治理成果，就必须积极探索新的治理开发机制，吸引社会各界和各行各业参与水土保持生态环境建设。

眼前的这位老人是被人称为"洮河当代活愚公"的石建全。这位在洮河岸边生活了一辈子的农民，在党的富民政策感召下，承包企业，投资办厂，成为当地闻名的致富能手。西部大开发又激发起老人建设山川秀美新家乡的信念，他拿出自己家中的全部积蓄，并用全家所有资产做抵押，购买了临洮县太石镇虎狼湾11000多亩荒山的使用权，率领全家开始了治理荒山的第二次创业。在地区和县里的大力支持下，老石从1999年8月开始到现在，共投入资金580多万元，完成造地4300多亩，造林5100多亩，植树近40万株，修路24公里，架设高压线路3.2公里，在昔日水土流失严重、植

治理水土流失改变了荒山的面貌

被稀疏的荒山秃岭上建设起了生态农业开发区。

如今，老石呕心沥血建设的生态农业开发区已初具规模，老石作为临洮县"双培富民示范工程"活动中涌现出来的典范，2001年9月光荣地加入了中国共产党。

治理开发机制的不断创新，为水土保持事业增添了新的活力。各地区坚持"谁治理、谁管护、谁受益"的原则和"大干大支持、小干小支持、不干不支持"有偿扶持机制，鼓励引导个人或联户以承包、租赁、拍卖、股份合作等形式治理开发小流域，不断完善"国家加企业"、"国家加集体"、"国家加治理大户"等股份形式的治理开发新模式，加快了水土流失防治步伐。

（访谈：甘肃省水利厅水土保持局领导介绍甘肃省水土流失治理总体工作。访谈内容略）

在西部的高天厚土中，在西部的江河山川间，存在着美好的希望和无限的创造。大西北人正在以坚韧的努力，改造着历史，改造着山河，创造着美好的未来。

第三集 绿染苍山

康爱玲一家是从外地迁到陇西县文峰镇的。她家承包了南山上的几百亩荒地，建起了家庭林场，搞起了生态农业。每天，家里人和雇的工人到山上去干活，康爱玲便在家里烧水做饭，为上山的人当好后勤。

今天，康爱玲家来了几位特殊的客人，他们是县里生态办的同志，到康爱玲家了解林场建设情况。

家里这几年的积蓄已经全部投在了山上的林子里，这是全家人对未来的希望。县生态办对此十分关心，常来了解情况，并提供技术指导，希望她家的成功能成为更多人的榜样。

送走了客人，康爱玲又忙着拎起水壶，给山上的人送水去了。

树与人类的生存环境紧密相联。茂密的森林生态系统可以朝朝夕夕，年复一年，几百年几千年覆盖、护卫我们的耕地，保持水土，涵养水源，守望家园。

有一位哲人这样说道："当人类把天然林中的第一棵大树砍倒在地时，人类文明便开始了；当地球上的最后一棵大树被砍倒在地时，文明即宣告结束。"

目前我国共有森林20亿亩，人均仅有1.6亩，为世界人均水平的 12%；林木蓄积量不到 120 亿立方米，人均拥有量只占世界人均水平的 13%；森林覆盖率极低，仅有 13.92%，为世界平均水平的一半，是世界森林资源最贫乏的国家之一。

西北是我国最荒凉的地方，荒凉的原因在于绿色的植被太稀少。西北是我国最干旱的地方，干旱的原因在于降水太少，缺乏涵养水源的条件。西北地区是我国森林覆盖率最低的地区。森林被称为"绿色水库"，如果青山在西北消失了，绿水也就不复存在了。所以森林植被减少成为西北生态环境最大的威胁。

当黄河在穿过青海民和狭窄的山谷后，在甘肃永靖县内奇迹般地造化出炳灵峡、刘家峡、盐锅峡三大峡谷景观，这就是有名的黄河三峡。自 1958 年以来，国家先后在黄河上游建成了刘家峡、盐锅峡、八盘峡三座大中型水电站，形成了库容为 69.7 亿立方米、水库总面积为 32.75 万亩、沿岸流域

刘家峡水库库区

解说影像，一份情怀

面积达 78.25 万亩、库岸线长达 145 公里的三大水库，为西北地区的工农业生产和黄河防洪治理做出了巨大贡献。

永靖县植被稀少，土壤属典型的湿陷性黄土，夏秋季水土流失十分严重。据统计，每年约有 1 亿吨的泥沙直接流入黄河，已使刘家峡库区库容减少了 14.83 亿立方米，占总库容的 26%，严重地威胁着三大水电站的正常运行和使用寿命，更为严重的是加快了下游河道的泥沙淤积，使河床不断抬高，给黄河除淤排洪带来了巨大的隐患。

库区绿化势在必行。在国家及省上的大力支持下，中共永靖县委、县政府确立方案，计划用 10 年时间，对 25 万亩刘家峡库区中应治理的 10 万亩荒山、沟壑，按照以林为主、综合治理、综合开发的原则进行全面治理。

黄河的命运也拨动着社会的心弦。中国青少年发展基金会与《读者》杂志社共同发起了"保护母亲河，共建读者林"工程，从 2000 年开始，在刘家峡库区的龙汇山开展植树

来自全国的志愿者在"读者林"植树现场

造林，3年来，共造林5240亩，其中水土保持林4516.5亩，经济林724亩，基本解决了龙汇山水土流失问题。

（访谈：《读者》杂志社领导介绍"读者林"建设情况。访谈内容略）

同黄河中上游整个水土流失治理区相比，"读者林"似乎是微不足道的，但是这河岸边的片片林地却具有特殊的意义，因为在这里我们可以看到全国人民对大西北的关注，对母亲河的珍爱。

甘肃省军区积极参与地方生态环境建设，在刘家峡库区实施了"环刘家峡库区保护母亲河绿化工程"，在永靖县岘塬镇退水沟、三塬镇老虎洼、向阳码头等处绿化点植树造林6500亩。

目前，永靖县共完成库区绿化面积17.5万亩，栽植各类树木1981万株，使库区沿岸森林覆盖率达到28.4%，治理面积达到26.25万亩，治理程度33.5%。

披满新绿的刘家峡水库

解说影像，一份情怀

在加快库区绿化、治理水土流失的同时，永靖县启动了投资上亿元的以刘家峡库区上水绿化为重点的生态环境综合治理工程，以"三田"建设、坡改梯为切入点，因地制宜，合理布局，实行田、林、路、水、草综合治理，目前，已累计完成梯田32.2万亩，占全县25度以下坡耕地总面积的91%，对4000亩25度以上的坡耕地退耕还林还草，并治理草场4.3万亩，完成生态治理工程面积117.8平方公里。

岘塬镇刘家村农民企业家刘世栋在县里优惠政策的感召下，个人投资800万元，承包起了库区边曹家湾万亩荒山荒坡，进行综合治理开发，已植树造林850亩，种植优质牧草3000亩，流域治理面积达到1.5万亩，成为永靖县农村投资承包开发四荒地最多、大搞造林绿化的典型。

到目前，全县已有38人承包库区岸边的荒山荒坡23处，累计造林5.05万亩。

（访谈：永靖县林业局领导介绍永靖县绿化整体工作情况。访谈内容略）

一泓碧水映蓝天，两岸青山怡人眼。生态环境建设带来了生态旅游业的发展，山清水秀的优美环境使刘家峡成为远近闻名的旅游胜地。

1998年9月，按照国务院的总体部署，中共甘肃省委、省政府决定停止国有天然林采伐，实施天然林保护试点工程。各停采森工企业和国有林业单位积极从采伐森林向森林管护和营造林转变。工程实施四年多来，累计完成人工造林88.2万亩，飞播造林73万亩，森林抚育62.85万亩，封山育林363.8万亩，人工促进天然林更新7.4万亩。在停采的同时，及时关闭了林区、林缘区13个木材交易市场，57个木材交易点，121家木材加工企业。各工程实施单位发动和带领广大林业干部职工，克服困难，共渡难关，保证了天然林保护工程的顺利实施。

自1999年10月国家在西部地区实施退耕还林还草工程以来，甘肃省各级党政部门高度重视，精心组织，各地干部群众积极参与，苦干实干，全省退耕还林还草试点工程累计已完成327.59万亩。"退耕还林，封山绿化，以粮代赈，个体承包"的政策充分调动了群众参与生态环境建设的热情，涌现出了一大批先进集体和先进个人。

地处甘肃东南部的康县，是国家重点扶贫县。这里山大沟深，自然灾害频繁，农业生产条件差，基础设施建设严重滞后。艰苦的自然条件，决定了康县实施以恢复林草植被为主体的生态环境建设的重要意义。2000年康县被列入国家退耕还林示范试点县，康县县乡党政组织，高度重视，抢抓机遇，全面动员，广泛发动，精心安排，认真部署，经过全县广大干部群众的艰苦努力，全面完成了省地下达的任务。几年来，退耕还林还草工程的全面实施，使康县增加森林面积31416亩，退耕土地地表径流明显减少，水土流失得到基本

解说影像，一份情怀

秀美康县

控制，涵养水源的作用逐步发挥，生物多样性功能进一步增强，大大提高了抵御自然灾害的能力。在生态环境得到改善的同时，康县大力调整农业产业结构，立足资源优势，发展特色经济，开发名优特产，实施"特色立县"战略。全县共建成以花椒、核桃、板栗为主体的经济林果园7500个，茶叶、蚕桑、中药材、食用菌已成为群众脱贫致富奔小康的支柱产业。

（访谈：康县林业局领导介绍康县林特产业发展状况。访谈内容略）

定西地区于2000年开始退耕还林工程试点工作。2000年和2001年两年，全地区在精心编制规划和试点方案的基础上，全力组织实施，共计完成退耕还林15.52万亩，荒山造林11.27万亩，较好地完成了省上安排的试点任务，为退耕还林工程的全面实施打下了良好的基础。经过两年的试点，2002年退耕还林工程全面启动实施。省上向定西地区下达退耕还林任务23.8万亩，荒山造林29.5万亩，超过前两年任务的总和。"以粮代赈、退耕还林"成为定西地区当前农村工作的重中之重。定西地区各级党政组织集中力量，广泛动员，推动了退耕还林工程的顺利进行。

定西县在实施退耕还林工程中，按照"整乡整村整流域推进"的工作思路，统一规划设计、统一质量标准、统一施工作业、统一检查验收、统一上图立档，狠抓工作落实，确保了退耕还林生态工程的全面开展。

（访谈：定西县林业局技术人员介绍定西县退耕还林工作特点。访谈内容略）

定西县杏园乡是东河流域治理的重点乡之一，2002年被县上确定为退耕还林整乡推进示范乡。杏园乡立足本乡实际，广泛动员，在保证人均4亩农田的前提下，全面实施退耕还林工程。在实践中，他们将退耕还林还草与梯田建设相结合，与道路建设相结合，与集雨节灌相结合，与特色农业开

退耕还林还草，让昔日的荒山披上了绿装

解说影像，一份情怀

发相结合，与农业科技推广项目相结合，做到山、水、田、林、路、渠综合配套，整体推进，为全县退耕还林工作起到了试点示范的作用。

天水市横跨黄河、长江两大流域，气候宜人，物产丰富，具有林果栽培的悠久历史。特别是天水出产的"花牛"苹果，口感好，色泽鲜，享有很高的声誉。

天水市在生态环境建设中，将治理与开发相结合，退耕还林还草、荒山造林与发展林果经济相结合，走出了一条山区群众脱贫致富奔小康的路子。

天水市秦城区始终把大搞植树造林作为山区人民致富的一条根本出路来抓，咬定青山不放松，长年坚持植树造林，全区人工绿化荒山荒坡、营造水保防护用材林53万多亩，飞播造林24万亩，发展各类经济果树16.8万，四旁植树9872万株，森林覆盖率达到36.6%，森林总面积达132.2万亩，使林果业生产出现了良好的发展势头。

放牛村，过去水土流失十分严重，在单纯抓粮食生产的年代里，受自然条件制约，粮食产量低而不稳，这个村子是有名的贫困村。随着市场经济体制的确立和农村产业结构的调整，在上级部门的支持帮助下，放牛村积极发展林果经济，不断改善农业生产条件，推广优质苹果栽培技术，在改善生态环境的同时，村民们也走上了一条致富奔小康的路子。朱镕基同志来这里视察时，看到这里发生的变化，欣然题词道："今朝天水黄土峁，明朝陇右江南绿"，并为这个村题写了村名。

在发展农村经济的实践中，秦城区不断审视农村支柱产业建设在山区经济综合开发和引导农民脱贫致富奔小康，增加地方财政收入中的重大作用，将山区综合开发和川区高效农业开发作为建设地方新生财源的重点，将林果经济作为农村支柱产业来抓，促进了农村经济的快速发展和农民收入水平的不断提高。

由于支柱产业建设周期长、投资大、困难多，群众对政策的稳定性非常敏感，秦城区及时出台了有关政策，明确产权，让群众吃了定心丸。秦城区在调整产业结构和优化产品结构的同时，以市场为导向，运用政策杠杆，以林果、畜牧、蔬菜和农副产品加工为重点，培植大户形成规模、建设基地、集团经营、种养加一条龙、贸工农一体化，不断完善农村基层经营体制，推进农业产业化进程。此外，全面推进治理"四荒地"工作，用政策调动农民开发山区的积极性，在治理荒山荒沟的同时，有效地促进了土地资源的开发利用，加快了支柱产业建设进度。目前，全区共拍卖"四荒地"8万亩，已高标准治理5.6万亩，兴办股份合作制林场、家庭林场、果园3400多个，面积近10万亩。

（访谈：秦城区林业局领导介绍秦城区林业建设工作基本情况。访谈内容略）

解说影像，一份情怀

李子乡地处小陇山林区，具有发展林业得天独厚的条件。李子乡按照"区域开发、形式灵活、重点扶持、整体推进"的发展思路，鼓励农民植树造林，发展林业。李子乡从典型示范入手，在花园村徐家沟发动群众栽植日本落叶松200亩，户均11.5亩，并采取"集体栽植、分户管理"的经营方式，使全乡广大群众感受到了眼前"绿色银行"的巨大吸引力，从而加速了股份制林场和个体私营林场的顺利发展。全乡现在已基本达到人均一亩林的发展目标，10年后全乡仅此一项年收入就有360多万元，人均6000元。

秦城区林业的发展离不开广大林业工作者的辛勤努力。秦城区林业局是全国林业系统的先进单位。近年来，秦城区林业局紧密围绕全区林业建设的实际，不断加强制度建设，加强理论学习，强化干部队伍建设，建立健全林果业管理服务体系，加强林果实用新技术的普及推广工作，保障了全区林业建设工作的落实与完成。

护林作业

　　王永安，一位普通的共产党员，他把自己的命运和荒山绿化连在一起，22年如一日，在林业工作岗位上默默无闻地奉献着。哪里艰苦，哪里就会有他的身影。老王身患疾病，但他一次次地放弃了组织上对他的关心照顾，坚持工作在绿化建设一线，在科技造林上下功夫，向群众普及栽培管理技术，经他亲手规划设计、组织施工的植树造林基地达350余处，总面积超过10万亩，为秦城区的绿化事业做出了突出贡献。

　　深秋时节，走进果园，枝头上硕果累累，一派丰收的喜人景象。外地的果商早早就已经来到这里，开始了今年的收购。这些用新的栽培技术种植出来的优质苹果，正在走出山门。大西北人在参与市场竞争中，已经懂得如何利用上天赐给他们的地域优势，经营好自己的品牌。

　　暮夜时分的林区，风光秀丽，景色如画。一排排松树挺拔茁壮，使那曾是荒凉的山头上披满了绿装。改变恶劣的生

硕果累累

态环境，是大西北人执着的期盼，再造山川秀美的大西北，又唤起了大西北人无限的憧憬。

第四集 沙海边的人

60多岁的石述柱老人，已经同沙漠打了一辈子的交道。他的家乡宋河村位于巴丹吉林沙漠边沿，是民勤县风沙西线南部的一个小村庄。这里曾是民勤县沙害最严重的地方，从南到北十几里路看不到几棵树，见不到几只鸟，看到的只是一个连一个的大沙窝。流动的沙丘从三面包围着村子，碰上刮风的日子，风沙四起，尘土飞扬。沙子埋了土地，也埋了人们的希望。由于沙害相逼，许多人不得不背井离乡，远走他方。

老汉从19岁当村团支部书记开始，就带领全村人开展植树造林。他们遭遇了许多失败挫折，经过几十年的艰辛努力，一片片绿洲终于挡住了风沙的侵害，风沙在宋河村人的脚下退却了。

40余年的治沙沧桑，树已经成为石述柱生命中最重要的部分。当一棵棵小苗成长为茂密的树林时，他也从一个不到20岁的小伙子成为年逾花甲的老人。他到底种了多少树，连他自己也讲不清楚。但是，他变沙漠为绿洲的理想坚定不移。

宋河村人植树40载，在沙漠边缘种出了一个有500亩沙枣、1000亩白杨、5500亩沙生植物、1500亩经济林和2400亩林间耕地的万亩林场，这个万亩林场，给宋河村带来了显著的生态效益和经济效益，宋河村成为沙漠边缘的小康村。

自兰州向西而行，翻越乌鞘岭就进入了著名的河西走廊。河西走廊是青藏高原与内蒙古高原两大地质板块的接合部，东西绵延1200多公里，北部是荒凉的合黎山、龙首山、马鬃山等低矮的丘陵，还有望不到边的腾格里沙漠和巴丹吉林沙漠。南边就是巍峨耸立的祁连山。

那隐隐闪现的白色，就是祁连山上的雪山冰川，那是希望的清泉之源。从那里源源不断流淌下来的雪水，使这条世界最长的天然走廊上绿洲连绵，为甘肃全省每年提供着70%的商品粮、80%的油料和90%的棉花。

但是，河西走廊的绿洲还远不是稳固的。它的北侧有1600多公里长的风沙线，800多个大风口。或者躁动、或者

祁连雪

解说影像，一份情怀

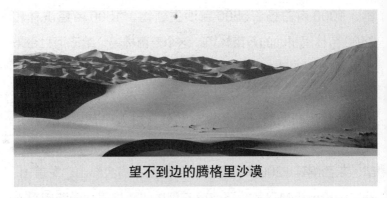

望不到边的腾格里沙漠

蛰伏的风沙，随时都有可能埋葬掉河西走廊上的绿洲、耕地，还有人们的家园。

张国忠老人在沙漠边住了一辈子，为了他的家不被沙子埋掉，他与这流动的沙丘抗争了一辈子。只有居住在大漠瀚海边直面沙漠，才能真正理解家园的珍贵。

这荒漠太辽阔了，辽阔到能让人忘记荒漠的历程，而置身其间的人，同样也会自然地丢弃一切的虚荣或者傲慢，让生命凝结成一个词：生存。

流沙沉稳而线条分明地密布着，一个个随时可以推进的沙丘，如同占领者的营盘。被流沙威胁和风蚀沙埋的农田有多少，人们已经很难算出一个准确的数字。河西人只是知道，风沙是他们家园的最大威胁，不治理风沙，土地就将荒漠化，家也就不复存在了。

河西走廊沿线年蒸发量高达2000毫米，而年降雨量最多的地方还不足200毫米，河西走廊西部的敦煌还不到40毫

穿越沙海与戈壁的祁连山雪水

米，自然降水满足不了农业和人们生活的需要。河西人生活在每分每秒的忧患之中。他们朴实、坚毅的眼神总会情不自禁地向着祁连山望去，眺望着祁连山上的林和雪。

河西的水资源主要来自发源于祁连山区的石羊河、疏勒河、黑河三大水系56条内陆河流和祁连山林区的地下水。祁连山森林是河西陆地生态系统的主体，在维护整个生态系统平衡方面起着决定性的作用。如果没有山地森林涵养水源、保护冰川、调节气候，内陆河流就会枯竭，绿洲就难以存在，风沙就会逼近。祁连山水源涵养林是河西人民的生命线，是生存的基础和保障。

河西走廊也是甘肃省重要的工业基地，举世闻名的镍都金昌、钢城嘉峪关、我国石油工业的"摇篮"玉门、核工业基地以及酒泉卫星发射中心，都坐落在河西走廊上，对河西地区社会经济的发展起到了重要的作用。而河西地区的生存与发展，关键在水，水的关键又在祁连山水源涵养林。因

解说影像，一份情怀

此，保护和建设祁连山水源涵养林，是贯彻落实"西部大开发"战略的重要任务，是甘肃省环境保护工作事关全局的大事。

人类在漫长的历史过程中，从森林草木中得到丰足的生活资料，但人类却不能善待给自己带来福祉的森林。为了开垦土地要砍伐森林，营建房屋、宫殿、城池也需要木材，战争中行军打仗也要砍伐甚至焚毁森林，一片片森林就这样在人类一遍又一遍地劫掠中慢慢消失了。

当人们重新认识到森林对于人类生存的重要意义时，为恢复已经失去的林地，又不得不付出巨大的代价。

祁连山是我国十二大著名的山系之一，祁连山森林镶嵌分布于广大草原荒漠景观之中，山地周围被干旱荒漠、半荒漠、草地、沙漠和盐碱荒地所包围，由于地处亚欧腹地，远离海洋，生态环境脆弱。

为了更好地保护祁连山森林资源，1989年成立了甘肃省

祁连山水源涵养林

祁连山国家级自然保护区管理局。祁连山自然保护区管理局按照"以管护为主，积极造林，封山育林，综合培育森林，不断扩大森林面积，提高水源涵养效益"的建设方针，在保护好现有森林资源的基础上，不断提高林分质量，扩大森林面积，增强了祁连山森林的生态、社会、经济综合效益。

（访谈：祁连山自然保护区管理局领导介绍祁连山管理局基本情况。访谈内容略）

地处祁连山深处的肃南裕固族自治县，是甘肃独有的少数民族裕固族人民世代生息的地方。实施西部大开发战略，充分调动起肃南县各族人民建设美好家园的积极性，肃南县在实施天然林保护工程、退耕还林工程的同时，大力加强草场建设和保护工作，为肃南县社会经济的发展创造了良好的生态环境条件。

（访谈：肃南县领导介绍肃南县生态保护与环境建设工作基本情况。访谈内容略）

站在玉门关外向西北望去，空旷的戈壁滩一望无际，蜿蜒的古道沉寂着，只有寒风在匆匆刮过。没有树，没有水，只有沙的印记，风的印记。

在大西北分布着广袤的沙漠。由于自然和社会的原因，长期以来，沙漠借助干旱和风力，处于不断扩张之中，常演化出沙进人退、侵蚀绿洲、毁灭耕地、埋没城镇的悲剧。西北地区许多古城遗址都是这一生态变迁的历史见证。西北人

解说影像，一份情怀

防沙林

民要生存发展，要维护自己的家园，就必须防风治沙，筑起屏障沙海的绿色长城。

河西走廊是受沙害最严重的地区之一，风沙线长达上千公里。防治风沙是河西人民改善生态环境、建设美好家园的重任。

地处河西走廊东部的武威市，位于巴丹吉林和腾格里两大沙漠的结合部，风沙灾害给人民群众的生产、生活甚至生命安全都造成了巨大威胁。为了改善严酷的自然条件，武威人沿着风沙线营造防风固沙林，一干就是几十年，已造林125万亩，封沙育林育草132万亩，使风沙线上出现了长达380多公里的防风固沙林带，治理重点危害风沙口多达240多个，由此控制的流沙面积达到了200多万亩。

（访谈：武威市林业局领导介绍防沙林建设情况。访谈内容略）

横隔在巴丹吉林沙漠和腾格里沙漠之间的民勤县，三面环沙，干旱少雨。沙漠、戈壁、剥蚀山地和盐碱荒滩地面积占到了全县土地总面积的91%，风沙线长达408公里，那9%的绿洲犹如沙海中的一叶孤舟。民勤人民饱受风沙之害，漫漫无边的流动沙丘，大大小小的风沙口，曾吞噬了多少农田，多少村庄。特殊的自然环境条件决定了民勤县治沙治水的必要性和紧迫性。长期以来，民勤县一直把治沙造林、改善生态环境作为立县之本，在党的领导下，经过半个世纪的艰苦努力，全县人工造林保存面积达到115万亩，封育天然沙生植被63万亩，在408公里的风沙线上建成了长达330公里的防护屏障，有效治理大的风沙口188个，一个外镶边、内建网、乔灌草相结合的防护体系已初步建成，绿洲生态环境得到了初步改善。民勤人民治沙不止，在许多地方出现了沙退人进的可喜景象。这一片片在沙海中种植的梭梭，正是民勤人数十年坚韧不拔，同沙漠顽强抗争的具体体现！

张掖地区位于河西走廊中部，北临巴丹吉林沙漠，临泽

民勤县防沙固沙工程

解说影像，一份情怀

县、高台县和张掖市区深受沙漠的危害。多年来，张掖地区坚持防风治沙，向南做好祁连山水源涵养林的养护，在走廊的中间开拓绿洲，向北治理风口，固定流沙。当地群众将这一活动总结为"南面保护青龙，中间发展绿龙，北面锁住黄龙"，使处于戈壁沙漠中的张掖地区成为古丝绸之路上风景宜人的粮仓。

临泽县是一个典型的沙区农业县，又是一个完全依赖于林业生态屏障保护的灌溉农业县。全县有南、中、北三条自然形成的风沙带，总长103公里，贯穿6个乡镇，6个国营农林场。这里是典型的内陆荒漠气候，境内风大沙多，降水稀少，气候干燥，蒸发强烈，沙漠化严重危及绿洲农业和社会经济的可持续发展。20世纪六七十年代，全县沙化面积达到294万亩，占全县土地总面积的62%以上。仅有14.5万人的临泽县面对黄沙逼近的困境，迎难而上，连续30多年治沙不懈，临泽县坚持"因地制宜，因害设防，分类指导，分步实施，综合治理，讲求实效"的原则，大规模植树造林，努力改善农业生产基本条件。到2001年，全县人工林保存面积达到52.5万亩，四旁植树保存786万株，封沙育林保存面积35.5万亩，全县森林覆盖率达到12.2%。长期的艰苦奋斗，使临泽县农田防护林体系基本形成，风沙危害得到有效遏制，农业生产基本条件明显改善，林果业得到了长足发展，绿洲生态防护体系日趋完善，为社会经济的可持续发展奠定

临泽县以特色经济林促进治沙工作的不断发展

了基础。

（访谈：临泽县林业技术人员介绍生态林建设与发展林果经济的具体做法。访谈内容略）

河西走廊西端的酒泉地区长期饱受风沙灾害之苦。酒泉地区是甘肃省总面积最大的地区，同时也是森林覆盖率最低的地方。酒泉地区自1982年被甘肃省政府确定为恢复河西沙生植被试点地区以来，在20多年的时间里，全区封育成林面积309万亩，是改革开放前人工造林面积的5倍，对遏制土地荒漠化、治理风沙灾害，发挥了较好的生态效益。

位于酒泉地区东北部的金塔县，地处蒙新荒漠和巴丹吉林沙漠边缘，沙漠化面积占全县面积的64.4%，绿洲面积仅占到6.3%，干旱缺水，植被稀少，风大沙多，生态环境脆弱是制约当地经济发展的关键因素。

金塔县以三北防护林工程建设为重点，以生态建设为中心，以建立完备的林业生态体系和林果产业体系为目标，大

解说影像，一份情怀

金塔县防风生态林建设

力开展植树造林和防沙治沙，按照"水利划格子，农业铺路子，林业镶边子"的治理模式，加大农田防护林建设及更新力度。同时，对18个重点风沙口实施综合治理工程，采取人工措施和生物措施相结合的办法，进行人工压沙，实施环丘造林、退耕还林工程。

金塔县在加快绿化过程中，充分重视调动社会各方面的力量，鼓励单位和个人、集体共同投资进行生态建设，大力发展非公有制林业，极大地调动了社会各界参与造林绿化的积极性。

（访谈：金塔县领导介绍金塔县三合生态农业示范区建设的具体做法。访谈内容略）

多年艰苦卓绝的不懈努力，使荒漠环绕中的金塔县森林面积达到48万亩，建立起了经济边缘和内部防风护田基干、支干林带7条184公里，风沙危害得到有效治理，促进了全县工农业生产的持续发展和人民生活水平的不断提高。

　　玉门市自然条件差，生态环境脆弱，戈壁、沙漠、荒山、绿洲镶嵌分布，在绿洲外围分布有十大风沙口，风沙对绿洲内工农业生产和人民生活造成严重威胁，成为制约玉门市社会经济发展的重要因素。

　　1997年，玉门市启动了玉门镇东线风沙口治理工程，拉开了风沙口规模治理的序幕。经过顽强的努力，十大风沙口完成治沙造林1.48万亩，治沙种草1.1万亩，风沙治理取得了显著成效，"沙进人退"的局面得到了控制，生态环境逐步趋于良性循环。

　　在玉门市风沙治理工作中，林业局局长安会民同志功不可没。老安1996年8月开始任林业局局长。上任伊始，他就对全市沙化危害及生态治理状况进行了调查研究，主持制定了"玉门市防沙治沙十年规划"和"十大风沙口治理规划"，为党委、政府决策提供依据。他长年奔波在风沙治理一线，带领林业系统广大职工，坚持以风沙口治理、绿色通道建

玉门市生态林建设为社会经济发展提供保障

解说影像，一份情怀

设、农田林网改造提高为重点，科技兴林，依法治林，累计完成人工造林 4.2 万亩，植树 1200 万株，建成绿色通道 214 公里，农田林网化率达到 96%，绿洲内森林覆盖率达到 35%，使玉门市造林绿化事业取得了突破性进展，老安因此也被评为全国治沙防沙先进个人。

今日的玉门东镇，街道宽阔，绿树成行，显示出蓬勃的发展生机。

敦煌地处疏勒河下游，这里曾是丝绸之路的重镇，也是古代最早进行农业开发的地区之一。敦煌降雨稀少，周边戈壁、沙漠广布，是典型的绿洲灌溉农业。面对荒漠化的威胁，敦煌市积极实施"三北"防护林工程、平原绿化工程和防沙治沙工程，完成人工造林累计 17 万亩，封沙育林育草 127 万亩，先后被评为全国平原绿化先进县、全国"三北"二期工程建设先进县和全国造林绿化先进单位。

在加强绿化造林、封沙育林育草建设的同时，敦煌市充分重视天然林、天然植被的封育、管护及野生动物保护工作，目前共封育恢复天然林面积 135 万亩，是 70 年代末天然林保存面积的 6 倍多，林草综合覆盖度达到 30% 以上的土地面积已有 690 万亩。随着大面积天然植被的封育恢复，流沙被植被牢牢地锁定住了，降低了农田和道路被黄沙覆盖的威胁，野生动物得以繁衍生息，对农区内小气候的改善也产生了积极影响。生态林业建设为农业生产提供了良好的环境支撑，使全市95％以上的农田控制在林网内。

阳关林场位于距敦煌市区70公里的古阳关脚下。这里是库姆塔格大沙漠的前沿，属于典型的干旱荒漠气候。流沙直接威胁着南湖绿洲和阳关古城，自然条件十分恶劣。为了保护和扩大南湖绿洲，阳关林场职工挖沟筑坝，引水冲沙，平田整地，淤地造林，移动流沙总量170多万立方米，有效地阻挡住了风沙的侵蚀，为南湖绿洲树立起了绿色屏障。

近年来，阳关林场大力调整林业结构，实行集体经营、联产承包的经营模式，实现由防护林业向防护经济型林业的转变，使昔日风沙肆虐、黄沙漫漫的荒漠变成了林网纵横、渠路畅通、瓜果飘香的"阳关新田"。

土地的枯荣，便是岁月的枯荣，土地的历史，就是家园的历史。

绿洲是沙漠、戈壁中生命的象征，凡是有绿洲的地方，就会有人的踪迹。古代的丝绸之路，正是依赖这一片片的绿

敦煌市阳关林场的葡萄园

洲才能畅通无阻的。

这古老的长城，曾目睹了苍山的葱翠和绿洲的繁茂，曾目睹了丝绸古道昔日的繁荣，今天，它又见证了河西人民实施西部大开发、建设美好家园的伟大实践。

与荒漠化顽强抗争的河西人民，用他们坚忍不屈的精神，书写着对美好生活的希望，对未来的希望。

第五集 守望蓝天

黄河岸边的这尊雕像，就是兰州市的城市标志——《黄河母亲》，每天来这里观赏她的游客络绎不绝。滔滔的黄河水从她身后流过，《黄河母亲》静卧在这里，默默地看着这个城市一天天发生的变化。

兰州兼有大山大河之胜，是唯一的一座黄河在城中流淌的省会城市，这里的人们身居闹市而获山水之怡。

在这座带状的滨河城市里，一河两岸40公里长的黄河风情旅游线景色宜人，市区里一幢幢高楼拔地而起，新拓建的宽广的马路上车流滚滚，商场超市里熙熙攘攘，热闹非凡。这是一座繁华的现代城市，这是一座景色秀丽的西北大都市。

没有什么比城市的兴衰更能体现人类历史的沧桑感了。

一座座曾经繁花似锦的城市，转眼就成了过眼云烟，随风沙滚滚而去。而在离废墟不远处的地方，一个个新的城市故事又悄然开始了。

大西北城市的故事更是充满了戏剧性。昔日丝绸之路上的一代名城，有的早已埋在黄沙之下，留下的古城遗址只能供今日的旅游者到此探古寻幽了。

城市是一个地区社会经济发展的中心，对于辐射带动整个区域经济发展和社会进步具有十分重要的意义。20 世纪下半叶，尤其是改革开放以来，大西北的古城焕发了青春，一座座新兴的工业城市在迅速崛起。

但是，环境污染，这个与发展相伴生的困境，与大西北脆弱的生态环境一起，同时在西北城市发展的过程中凸显出来。改善生态环境，治理环境污染也就成为城市化进程中不容忽视的重要方面。

张掖，古时也被称为甘州，是古丝绸之路上的一大商埠。这里终年享受着祁连山雪水的滋润，曾有"不望祁连山上雪，错把甘州当江南"的美誉。良好的绿洲生态环境，使

金张掖

解说影像，一份情怀

这里富甲一方。

西部大开发，为张掖带来新的发展机遇。张掖市是张掖地区的政治、经济、文化中心。张掖地区以张掖市为重点，充分重视城市基础设施建设，努力创建文明、优美的城市环境。张掖市在加强道路、广场建设的同时，将文明城市建设延伸到居民小区之中，为市民创造出良好的居住生活环境。

为解决城市供热带来的空气污染，张掖市根据城市总体规划要求，立项建设"张掖市城区集中供热工程"。在省上的大力支持下，这项工程进展顺利，开局良好，热源厂已进入全面开工建设阶段。到2004年一期工程完成时，主要供热区域基本覆盖城区的绝大多数地方，有效地降低城市中的粉尘污染，发挥出良好的社会生态效益。

（访谈：张掖市领导介绍集中供热工程的建设情况。访谈内容略）

武威是丝绸之路的第一大站，扼守着河西走廊的入口，盛唐时，这里是国际交往的一个中心城市，具有河西首府的地位。

在城市建设中，武威市实施了"名城形象塑造工程"，在城市基础建设、环境卫生绿化、优质服务、营造优良秩序方面有了新突破，化解了过去"硬环境不硬，软环境不软"的老大难问题，使城市形象、城市文明化程度有了跳跃式的大发展。

武威市环卫局是环保战线上的先进单位。武威市环卫局充分重视环境保护对城市社会经济发展的影响，依法行政，为武威市环境治理提供了保障。

武威市环卫局领导深入企业，及时检查企业环保工作的落实情况，帮助企业解决工作中遇到的难题，从源头上控制企业对城市的工业污染问题。

荣华集团充分重视工业污染治理工作，在资金十分紧张的情况下，投巨资建设安装"三废"治理设施，使"三废"排放达到国家标准，降低了环境污染，被评为环境治理先进单位。

天水地处黄河流域与长江流域的交汇地带，冬无严寒，夏无酷暑，气候温和，物产丰富，被称为"陇上小江南"。天水市在旧城改造工作中，将传承历史文化与现代文明相结合，构筑起了独特的城市韵味。为解决城市交通问题，实施了城区外环路拓建工程，同时加强道路绿化，使全市人均道路占有面积从3.7平方米提高到8平方米，绿化覆盖率从12.03%提高到13.17%，人均公共绿地面积从2.09平方米提高到3.14平方米。城区外环路拓建工程，完善了天水市的城市发展框架，加快了城市化进程，对于提高城市品位，根治市区交通不畅，增强沿线土地开发潜力，改善城市投资环境，促进全市经济发展和社会的全面进步都具有十分重要的意义。

解说影像，一份情怀

　　天水市南北两山对峙，著名的旅游景点南郭寺和玉泉观就分别坐落在南北两山上。以前这里水土流失严重，植被稀疏，既影响着城市生态环境和投资环境的改善，也不利于旅游业的发展。天水市将南北两山绿化作为全市生态环境建设的重点工程。他们把防治水土流失与绿化美化相结合，环境治理与综合开发相结合，实现了生态农业建设与旅游业协调发展的新格局，改善了城市环境，提升了城市形象。

　　在西北大地上，一个个新兴的工业城市格外引人注目。西北地区矿产资源十分丰富。40多年前，为加快新中国的建设，一大批来自全国各地的有志青年聚集西北，从此，在大西北的荒山旷野、戈壁荒滩上，诞生了一个个现代化的大型企业，带动了西北地区社会经济的发展。

　　铜城白银，是我国重要的有色金属、能源和化工生产基地。从50年代初开始，国家先后在这里兴建起白银有色金属公司、甘肃银光化学工业公司、甘肃稀土公司等一批大中型骨干企业，使昔日的戈壁滩成为壮丽的新兴工业城市。

　　近年来，白银市加快城市建设步伐，加大产业结构调整力度，努力降低环境污染，使白银由一个单一的资源开发性生产中心，逐步转变为集流通、商业、交通、金融、信息、科技、文化、教育等多功能的综合中心，城市面貌生机勃勃，欣欣向荣。

　　白银是沿黄河高扬程灌溉农业的重要开发区。黄河流经白银市214公里，占黄河流经甘肃总长的44%。流域面积1.47万平方公里，可利用总水量329亿立方米。在国家的大力支持下，已建成景泰川、靖会川等12处大中型电力提灌工程，发展水浇地上百万亩。景电工程是我国扬程最高的提灌工程，对改善灌区生态环境，维护社会经济的持续发展发挥了重要作用，带动了商品农业发展，促进了特色农产品基地建设，使这里物产富饶，人民安居乐业。

白银蕴藏有丰富的煤炭资源，地质保有储量达9.5亿吨。甘肃靖远煤业有限责任公司年产煤炭600多万吨，是甘肃省最大的煤炭生产基地和主要的出口煤基地。甘肃靖远第一发电有限责任公司是一座大型坑口电站，是甘肃最大的火力发电厂，也是连接陕、甘、宁、青电网的主力电厂。

黄河在白银段可供开发的水电资源约300万千瓦，包括大峡、乌金峡、小峡在内的黄河上游"小三峡"水电站总设计能力为70万千瓦，其中，装机总容量30万千瓦的大峡水电

大峡水电站

解说影像，一份情怀

总厂已建成并网发电。从而，形成了水火发电并举，相互补充的能源格局，使白银成为大西北重要的能源基础。

金昌市是建立于戈壁滩上的新兴工业城市，是我国镍工业基地和铂族金属提炼中心，具有雄厚的工业基础，是全国首批35个小康城市之一。

为推动金昌市走向可持续发展轨道，金昌市以群众关心的重点问题为突破口，以实施污染治理、绿化美好、安居小康、温暖平安、全民健身、文化精品、文明小区和文明形象等"八大工程"为载体，全面推进城市建设。

（访谈：金昌市环保局领导介绍金昌市环境保护工作的基本情况。访谈内容略）

在城市基础设施建设工作中，近年来，实施了引硫济金、市区供电、城市电网、安居小康等一大批基础设施建设项目。针对群众反映强烈的大气污染问题，认真组织实施了"污染治理工程"，从治理大气污染、净化生活环境入手，加大投入，综合整治，取得了良好效果。针对金昌地处荒漠戈壁、自然环境十分恶劣的情况，以建设园林化城市为目标，认真组织实施了"绿化美化工程"，使市区绿化覆盖面积达到498公顷，占建成面积的13.9%，有效改善了全市的自然环境条件。为了增强城市活力，狠抓了金川区北京路商业街建设。针对金昌市城市形象不突出，不具较强凝聚力和吸引力的状况，组织实施了城市"文明形象工程"，投资1800万元完成了人民文化广场建设，实施了城市亮点工程，并相继建成了金川公园等一大批具有较高水平的文化、体育和娱乐设施。

嘉峪关市，这座以明代万里长城西端起点——嘉峪关关城而命名的城市，是西北最大的钢铁生产基地。西部大开发，为嘉峪关注入了新的发展活力。中共嘉峪关市委、市政府明确思路，提出"依托酒钢、发展特色，立足区域、扩大开放，依靠科技、超常发展，努力把嘉峪关市建设成为河西走廊最具活力的、经济社会协调发展的工业旅游现代化区域中心城市"战略目标，带领全市人民艰苦努力，与时俱进，努力创造和谐的人文环境，良好的生产、生活和投资环境，取得了物质文明建设和精神文明建设丰硕成果。

道路是城市的骨架。嘉峪关市在实施西部大开发战略的进程中，注重把建设规划与历史文化遗产、传统风貌、地域特色、自然景观有机地融合起来，创造出了具有嘉峪关特色的建设风格。近几年来，嘉峪关市先后改造了新华路、胜利路等道路设施，对人行道进行拓宽，铺设釉面花砖，架设优美的路灯，使宽阔的马路成为城市的形象。

追求高质量的生活环境，为人们创造和谐的人居环境，是嘉峪关历届市委、市政府坚持不懈的做法。地处荒漠戈壁之中的嘉峪关市，以加强防风带和城市绿地建设为主，使全市的绿化形成了以街头绿地为主、防风林带和道路绿化为

解说影像，一份情怀

线、公园绿化为面的主体绿化格局，城市绿化覆盖率达到了24%。据环保部门多年监测表明，嘉峪关市空气污染指数小于100，城市水功能区水质达标率为100%，区域环境噪声平均值小于60分贝，城市环境综合整治定量考核指标名列全国前茅。

让天更蓝，地更净，树更绿，水更清，人更美，为实现这美好的愿望，嘉峪关人做出了一个又一个的大手笔。投资数千万元的雄关广场，集文化、休闲、娱乐于一体，占地面积达10多平方米，居全省之最，已成为钢城重要的人文景观。将市郊双泉水引入城，建设出水面面积达24公顷的迎宾湖，在戈壁滩上营造了一处风光优美、景色宜人的"江南秀色"，使戈壁钢城充满了生气和灵气。

现在，嘉峪关市人均居住面积达到22.5平方米，市政、通信各项设施完备，高水平的城市建设为人们提供了高质量的生活保障。

人造环境，环境育人。城市建设水平的提高，也带来了人们精神文化生活需求的提高。嘉峪关市积极实施"科教兴市"战略，努力建设"文化大市"，不断加大教育、科技、文化事业的投入，进一步推动了科技、教育、文化事业的发展。

嘉峪关市将文化品位融入城市建设之中，将历史文化与工业文明加以结合，通过一系列行之有效的措施来陶冶人们爱家园、爱城市的精神情操。市委宣传部在长达3公里的迎宾湖围栏上，精心布置了1012幅内容丰富的图画，讲述城市历史，展示建设成就，使人们在欣赏湖光山色中，加深对嘉峪关市的全面了解。

近年来，嘉峪关市将保护生态环境，改善生活环境，作为提高城市管理水平，促进经济、社会和环境协调发展，推进物质文明和精神文明建设，提高人民群众生活水平，扩大城市知名度的重要措施来抓，提出了创建国家环保模范城市的奋斗目标。经过两年多的努力，带动了全市建设工作的全面发展，取得了明显成效。

（访谈：嘉峪关市委宣传部领导谈生态环境建设对全市建设工作的促进作用。访谈内容略）

紧扣城市建设目标，占全市城市人口三分之一的酒泉钢铁公司，在重视生产经营和提高经济效益的同时，从企业生存和发展的战略高度上，充分认识到做好环境保护工作的重要意义。"九五"期间，酒钢以加快污染源治理为目标，在资金十分紧张的情况下，先后投入治理资金1.65亿元，完成治理项目30多项，其中重大环境污染治理项目12项。酒钢公司采取统筹规划、综合整治的方针，坚决落实"一控双达标"的任务和要求，积极治理污染，强化环保管理，推行清洁生产工艺，开展了ISO14000环境管理体系认证工作，促进了企业环保工作的开展。为了改善厂区环境，酒钢公司每年投入1000多万资金进行环境综合整治，结合生产经营奋斗目

解说影像，一份情怀

创建"清洁工厂"使酒钢公司厂貌一新

标，开展以各项经济技术指标和现场管理达标升级为内容的创建"清洁工厂"、"样板工厂"活动，使现场管理、环境管理上台阶，生产经营上水平。到2001年底，酒钢公司绿化面积达到270多万平方米，植树140万株，草坪46万平方米。职工的工作环境得到了改善，思想观念、精神面貌、文明素质得到了提高。

铁路、民航、金融、电力、邮电等各个行业都积极投入到以创建文明单位为目标的环境治理活动中来，"人人都是城市形象，人人都是投资环境"已成为全体市民的自觉意识。目前，全市有390个单位进入了不同层次的文明单位行列，占全市单位总数的91%。

嘉峪关机务段，是全国先进基层党组织和全国精神文明建设先进单位。嘉峪关机务段充分重视环境保护和绿化、美化工作，每年制定专门计划，将环境保护、改善工作条件作为段整体工作的一部分，做到与运输安全生产工作同安排、同检查，确保了各项环境建设保护措施的落实。目前，嘉峪关机务段绿化覆盖率已经达到了36%以上，在嘉峪关市是闻名的"花园式"单位。

（访谈：嘉峪关机务段领导介绍环境绿化工作对机务段整体工作的促进作用。访谈内容略）

近年来，嘉峪关市先后获得"全国卫生城市"、"全国城市环境综合整治优秀城市"、"中国优秀旅游城市"和"省级文明城市"等称号。经济和环境的整体协调发展，使嘉峪关市社会经济得到健康快速发展。

随着西部大开发战略的逐步推进，大西北的生态环境建设开始取得了引人注目的成绩。在大开发的滚滚热潮中，兰州城市建设日新月异，环境整治、绿化美化，使这个滨河城市正在展现新的魅力。

大西北的兰州，是我国能源、化工、原材料生产基地和西北地区的交通枢纽。然而，两山夹一谷的特殊的地理环

兰州市区

解说影像，一份情怀

境，也使这个城市成为空气污染最严重的地方。每到冬季，尘埃就阻挡了人们的视线，人们眺望着天空，希望有一天，天会变得清澈起来。

兰州是典型的大陆性干旱气候。由于自然条件的制约，兰州市区植被稀少，水土流失严重，生态环境十分脆弱，直接影响到社会经济的全面发展。

兰州是甘肃省的省会，是全省的政治、经济、文化中心，是甘肃的窗口。兰州的形象直接影响着甘肃的形象。作为中心城市，加快兰州的发展对于辐射带动全省社会经济的发展具有举足轻重的战略意义。

兰州市将生态环境建设列入城市基础设施建设的重要内容，在城市环境综合整治建设工作中，不断加大环境污染治理力度，在道路拓建、市政设施建设的同时，大力推进城乡绿化和生态林业建设进程，构筑以南北两山生态环境建设、城市园林绿化、退耕还林还草、引大灌区林网建设、绿色通

兰州市南北两山绿化工程

兰州市滨河路绿树成荫

道建设、天然林保护等六大工程为骨架的国土绿化新格局，为全市经济可持续发展奠定了良好的生态基础。截至2001年底，全市绿地面积达到1796公顷，公共绿地面积达到403公顷，绿化覆盖率达到15%，绿地率11.7%，人均公共绿地面积为2.79平方米。已初步形成了以南北两山绿化为屏障，以城市主次干道为骨架，单位庭院绿化为基础，以公园、广场为景点，四季常青、三季有花、植物多样、景观优美的城市绿化新格局。

（访谈：兰州市南北两山绿化建设指挥部领导介绍兰州市南北两山绿化建设工作基本情况。访谈内容略）

山青了，水绿了，空气清新了。市容市貌的巨大变化，带来了城市品位的不断提升，引来了八方游客频频光顾，投资者的信心更足了，为兰州市建设成为西北地区商贸中心提供了有力支持。大批客商前来投资，大型商场鳞次栉比，大型批发市场蓬勃发展，辐射带动了甘肃及周边省区的商贸流通，促进了区域经济的不断发展。

晚霞映衬下的兰州清新美丽，柔和的霞光为城市披上了一层金色，人们走出家门，徜徉在广场上，享受着蓝天，享受着青草，享受着生活的殷实与幸福。

第六集 播撒光明

深秋的牧野景色宜人，雪山在静静地耸立着，像在守望着远方的绿洲，如同那山下的牧人，也在守望着明年的希望。

对于生活在草原上的牧民来说，牧草就是他们的依靠，草原就是他们的家。

裕固族老人安多民一家刚刚从夏季牧场转到冬季牧场，县里边就将电网延伸到了这里，这位还从来没有走出过山门的老人，现在已经可以坐在自己的家里通过电视去了解外边的世界了。

裕固族是我国历史悠久的西北少数民族之一，也是甘肃省一个特有的少数民族，主要居住在甘肃省肃南裕固族自治县境内。裕固族同其他典型的草原游牧民族一样，逐水草而徙，性格豪放，能歌善舞。

肃南县地处祁连山北麓的中部山区，这里山大沟深，交通不便，牧民居住分散。

改革开放以来，肃南县发生了翻天覆地的巨大变化，整洁的县城，宽阔的街道，优美的公园，呈现出一派欣欣向荣的景象。

在群山深处边远的草场上还分散居住着许多牧民，他们生活条件艰苦，生活设施简陋，甚至有一些还处在原始的游牧生活状态。

为了将党对广大牧民群众的关怀落到实处，肃南县委、县政府在国家的大力支持下，实施了"肃南千户太阳能光明工程"，给肃南12个乡、38个村的1000个放牧点配置了太阳能设备，使广大牧民告别了油灯粪火，电灯、电视、广播进入到广大牧民的家中，农牧民开始步入了现代文明。

近年来，肃南县委、县政府又进一步将解决牧区群众生产生活用电问题作为县上的一项重要工作来抓，得到了广大牧民群众的积极响应。

电线杆近日已经架设到鲁玉花家附近，她正与周围的几户牧民在帮县里的技术人员埋杆架线，听到县里报道组的同

祁连山高原牧场

解说影像，一份情怀

志要来她家了解电网建设情况，便匆匆地赶了回来。

来的是县委宣传部的副部长顾文斌和报道组组长朱有才，鲁玉花特意换上了民族服装，把他们作为尊贵的客人迎进屋里。鲁玉花是县人大代表，年初时，她曾同其他几位代表一道 就县里的电网建设情况向人大提交了有关议案，对于这个话题，她有太多的话想说了……

大西北是古朴的，这里的许多人们才刚刚摆脱了贫困的阴影，他们的生活和生产方式还十分落后，他们向往着文明、富裕的生活，他们向往着走向现代文明的生活方式。

人类的生存与发展离不开能源。即使是在最为原始的生存状态下，依然需要从自然界中获取最基本的能源。当人类学会使用火的时候，人类便开始踏上寻求文明的发展之路。人类在自己漫长的发展历程中，已经学会了从自然中获取所需要的能源的方法。特别是工业革命以来，人类大规模地开采煤炭、石油、天然气等，创造了目前高度繁荣的工业文明。但是，且不论这种能源利用方式带给地球生命生态系统的一系列污染问题，这些不可再生的能源本身也正一天天面临着枯竭的威胁。

能源是社会经济发展的巨大动力，社会经济发展的一个重要先决条件就是要获得经济可靠的能源。随着石油资源的过度消耗以及为避免常规能源资源的过早枯竭，国际社会正面临着能源过渡的挑战和机遇。各国逐渐重视对新能源和可再生能源利用的开发与研究。

水能是一种非消耗性洁净能源。工业革命以来，对水能的利用率空前提高了，滚滚的江河水已经成为给工厂带来生机、给城市夜空带来光明的重要能源。

大西北要发展，大西北要摆脱愚昧落后，随着西部大开发战略的不断推进，西部地区丰沛的水力资源日益受到人们的关注。

新中国成立以来，国家在黄河干流上相继建设了一批大型水利枢纽，在为国民经济建设提供能源的同时，对于防洪治沙、改善生态环境发挥了重要作用。

随着黄河中上游梯级电站开发建设的不断发展，资源丰沛、开发技术成熟的小水电作为可再生能源，正在受到普遍重视。

（访谈：西北水电设计院专家介绍西北地区水电发展现状。访谈内容略）

小水电具有分散开发、就地成网、就地供电的特点，可以填补国家电网的空白，是大电网的有益补充。我国小水电绝大多数分布在山区和农村，直接为农村、农业、农民和地方经济及社会全面发展服务。全国广大农村结合江河治理，开发小水电，建设农村电气化，解决了农村生产生活用电问题，培育和带动了相关产业，促进了农村经济发展和社会进步。全国50多年来共建成小水电4万多座，总装机容量达

解说影像，一份情怀

2458万千瓦，年发电量800亿千瓦时，全国二分之一的地域，三分之一的县，四分之一的人口主要靠小水电供电，小水电充分发挥了发、供电成本低的优势，向"老少边穷"地区提供了廉价的动力。

我国的小水电资源十分丰富，可开发量8700万千瓦，居世界第一位，分布在全国1600多个山区县，主要集中在西部地区。这些地区国土辽阔，人烟稀少，大多是天然林保护区、退耕还林还草区、重要生态保护区和主要的水土流失区。

实施西部大开发战略，开展以"再造一个山川秀美的西北"为主要内容的生态建设，为大西北找到了一条可持续的发展之路。小水电建设和农村电气化已不再是解决村村用电方面的单纯问题，而是在西北地区系统有效地解决人口、资源、环境及如何大幅度解放生产力的重要课题。

甘肃省地处我国西北大陆腹地，全省河流分属内陆河、黄河、长江三大流域，水力资源较为丰富。据普查，全省水力资源理论蕴藏量为1724万千瓦，可开发量1051万千瓦，其中中小型水电可开发量达498万千瓦。

改革开放以来，甘肃省的水电建设获得了蓬勃发展，特别是1985年经国务院批准，甘肃省有25个县分别被列入全国第一、二、三批农村水电初级电气化县，为甘肃省小水电建设带来了前所未有的发展机遇。在甘肃省委、省政府的领导下，全省人民发扬自力更生、艰苦奋斗的精神，经过不懈努力，全省水电及电气化水平得到了极大的提高。截至目前，全省已有28个县实现了农村水电初级电气化，共建成小水电站460处，装机容量达到33万千瓦，年发电量12亿千瓦时。全省57个县建有小水电站，其中37个县主要由小水电供电。小水电与大电网相结合，有力地促进了甘肃省社会经济的发展，加快了贫困地区群众脱贫致富的步伐。

地处甘肃西南部的甘南藏族自治州，生活着66万各族人民，其中藏族群众占一半左右，是一个典型的少数民族地区。甘南藏族自治州位于青藏高原东北边缘，这里地形高亢，气候寒冷。由于历史的原因和受自然环境条件的制约，社会经济发展相对滞后。

甘南境内河流纵横，千派万流汇成一江三河，分属黄河和长江两大水系，具有丰富的水能资源。水能资源理论蕴藏量为361万千瓦，可开发利用215万千瓦，其中可开发建设大型水电站装机容量107万千瓦，可开发建设中小型水电站

甘南具有开发小水电的资源优势

解说影像，一份情怀

装机容量为108万千瓦。

甘南藏族自治州水电事业起步于20世纪60年代，在当时的经济、技术条件下，相继建设起了一批微型水电站和与之相配套的供电线路。但是，这些工程还远远满足不了工农业生产和人民群众生活对用电的需要。改革开放以来，特别是实施全国农村初级电气化建设，甘南州迎来了水电事业发展的良好机遇，全自治州有7个县相继进入农村电气化建设县行列，水电及电气化建设得到迅猛发展。目前，全自治州共建成小型水电站99座，总装机容量7.74万千瓦，年发电量达2.23亿千瓦时，户通电率达到92%以上。

随着水电及电气化建设的不断推进，水电事业已逐步成为甘南州发展的龙头和支柱产业，为甘南民族经济发展及社会各项事业进步提供了根本保证和能源动力。黄金开采冶炼等矿产资源开发性产业迅速崛起，加快了甘南州资源优势转变为经济优势的步伐。此外，水电事业的快速发展也带动了农副产品、畜产品加工业的发展，对于增加地方财政收入，提高广大农牧民群众的收入水平发挥了积极作用。目前，水电及相关产业的税收占到了各县市财政收入的30%，个别县达到了70%左右，对于增强地方实力，推动社会经济的全面进步发挥了积极的作用。

西北地区受自然条件限制，农村燃料十分缺乏，在牧区这种情况更为严重。由于人口的不断增加，对燃料需求量也迅速提高，只有靠采伐更多的天然植被，燃烧牲畜粪便来补充，造成了天然植被的严重破坏和有机质难以还地，长此以往导致水土流失和荒漠化。

长期以来，牧区广大群众生活条件简陋，做饭取暖离不开牛粪、木柴，每年需要砍伐大量的森林和其他植被，造成森林面积不断减少，植被遭到破坏。

随着小水电建设的不断推进，甘南州大力发展城镇电炊户和农牧村以电代柴节柴措施，使全州电炊户率达到11.8%，有效地减轻了广大农牧民日常生活用能对森林和植被的依赖性。据测算，每年可减少生活用薪木材近20万立方米，对维护长江和黄河上游地区的生态环境和涵养水源起到了积极作用。

（访谈：玛曲县水利局领导介绍当地水电建设概况。访谈内容略）

临潭县位于甘南藏族自治州东北部，境内山大沟深，森

蓬勃发展的甘南小水电事业

解说影像，一份情怀

林、草原相间分布，是黄河水系支流洮河的重要水源涵养区。

临潭县青石山水电站位于新堡乡境内的洮河干流上，是临潭县投资规模最大的建设工程，也是甘南州目前投资规模最大的水电基建项目，被列为甘肃省重点建设项目之一。

青石山水电站为低坝引水径流式电站，总装机容量为1.2万千瓦，年发电能力为8579万千瓦时。这项投资规模达9981万元的建设项目，在广大建设者的艰辛努力下，从1998年12月开工兴建，历时两年半时间，到2001年6月底建成，比计划工期提前了半年，是甘肃省同类规模小水电建设速度最快的一项工程。同时，青石山水电站建设质量优异，优良率达到94.5%，是甘肃省水电建设中优质工程的典范。

地方电源建设是一项治理江河、开发电能、调节径流、抵御洪水、调节气候、美化环境、保护生态、拉动地方经济发展的综合工程。

临洮县三甲水电厂是甘肃省地方水电中规模最大的一座水电站，装机2.65万千瓦，工程于1992年开工，1997年建成投入运行。临洮县依托三甲水电厂的电力和价格优势，大力调整产业结构，发展地方工业，带动高效生态农业发展，小水电使临洮县走上了富民富县的发展之路。

三甲水电厂的建设，在洮河上形成了一个总库容达960万立方米的水库，库区小气候得到明显改善，树木植被得到

临洮县三甲水电站及库区

恢复，遏制了库区两岸严重的水土流失状况。

临洮县依托库区景观，在库区岸边巧造"神龟园"，使这里成为临洮县一处引人入胜的游览胜地。

近年来，甘肃各地在不断加大小水电建设力度，加快小水电及农村电气化发展速度的同时，积极开展技术挖潜和制度创新，一手抓电源、电网建设，一手抓地方电力企业的管理，使地方电力企业的管理水平进一步提高，经济效益和社会效益同步增长，电力管理体制不断趋于合理。

武都县白鹤桥电厂建于1988年，1993年建成运行发电，原装机容量8000千瓦，设计年发电量5090万千瓦时。1996年白鹤桥电厂正式成立，因受区域电网和发电量按比例分配的限制，未能充分发挥效益。

2000年，白鹤桥电厂实现与西北陇南电网并网，电厂效益连年提高，特别是2002年初，白鹤桥电厂通过职工集资入股对两台机组技改增容，装机容量由8000千瓦提高到9500

千瓦，每年可增加发电量1000万千瓦时，企业效益得到明显提高。

白鹤桥电厂为陇南地区，特别是对促进武都全县工农业生产发挥了重要作用，不仅扩大了供电区域，保证了电能质量，缓解了西北陇南电网电力不足、需求紧张的局面，同时，也发挥了良好的社会效益和生态效益。

随着我国社会主义市场经济体制建设的不断完善，近年来，甘肃省按照现代企业制度改造传统的地方电力企业，增强企业的市场竞争能力，促进了地方电力企业队伍的不断壮大。

电气化建设是一项建设周期长、项目多、投资大、渠道多、覆盖面大的综合性系统工程。张掖地区积极改善投资环境，提高社会化服务水平，通过加大开放，吸引国内外各方力量参与黑河水电资源的开发建设，努力把小水电建设成为带动地方经济社会发展的支柱产业。

（访谈：张掖地区水利处领导介绍张掖地区小水电开发建设基本情况。访谈内容略）

张掖地区在原张掖地区电力开发责任有限公司基础上，组建起来了集水力发电、机电安装、铁合金生产、电力相关产业开发、电力销售为一体的甘肃省黑河水电开发股份有限责任公司。公司下属龙渠电站、龙渠二级电站、龙渠三级电站和盈科电站等四个水电站，拥有发电装机容量2.2万千瓦，年发电量1.1亿千瓦时以上。

在地方各级政府的大力支持下，黑河水电开发公司不断深化企业改革，加快水电事业的发展，使小水电装机容量在"九五"期间增长了156.4%，增幅达1.34万千瓦，各项工作走在了全省小水电行业的前列。2000年，经甘肃省水利厅批准，在公司设立"甘肃省水电农村电气化张掖培训中心"，2001年，经联合国工发组织国际小水电中心批准，设立"联合国国际小水电中心张掖基地"，成为国际小水电中心在中国设立的两个基地之一。

农村电气化及小水电建设为调整张掖地区产业结构提供了条件，带动了地方经济建设工作的全面发展。

为了加快黑河水能开发利用步伐，黑河水电开发公司和甘州区水利电力局共同出资建设黑河小孤山水电站。黑河小孤山水电站地处肃南裕固族自治县境内，是黑河水能规划的第六座梯级电站，工程总投资6.8亿元，设计装机容量为9.8

黑河上游水电开发

解说影像，一份情怀

万千瓦。这项工程将于2003年3月开工建设，建设总工期30个月，到工程完成时，小孤山水电站每年可发电3.8亿千瓦时，将有效地缓解张掖地区电力紧张的问题，对当地工农业生产必将产生积极的促进作用。

小水电及农村电气化建设，使甘肃走出了一条在落后地区发挥水能资源优势，以水电发展为基础，带动区域经济持续发展的路子，促进了生态环境的改善和社会的全面进步。

（访谈：甘肃省水利厅农电部门领导介绍甘肃省小水电及农村电气化建设基本情况。访谈内容略）

发展小水电，建设农村电气化，是有效解决老、少、边、山、穷地区资源、环境、贫困问题的重要措施，是加强农业基础设施的一个重要内容。小水电资源的开发利用涉及整条流域的全面规划和综合治理利用，因此，小水电在为地方提供充足的电力能源的同时，对下游的防洪、灌溉、城镇和农村供水也将产生重要影响，有利于提高水资源的综合利用水平。

"十五"期间，为解决农民燃料和农村能源问题，国家将开展小水电代燃料生态工程建设试点，这对巩固天然林保护和退耕还林还草两大生态工程建设成果提供了有力保障。

随着西部大开发战略的不断推进，甘肃省小水电和农村电气化建设正在进入一个蓬勃发展的新阶段。

（访谈：甘肃省水利厅领导介绍甘肃水电事业及农村电气

化建设的发展前景。访谈内容略）

辽阔的桑科草原绿草如茵，大夏河从草原上蜿蜒流过，桑科水电站库区水波荡漾，仿佛这里是候鸟的天堂。小水电连着大生态。在藏族年轻人的歌声中，瑰丽的民族风情展现在美丽的草原上。

（《聆听西北》解说词，2004年。注：第七集《战胜贫瘠》、第八集《希望》未收入）

后 记

　　我的父母作为新中国最早的支援大西北的建设者，20世纪五六十年代就来到了甘肃，在这块土地上工作生活，并将自己的根扎在了这里。所以，我应该也是地地道道的西北人——但是一个不会说兰州话的兰州人。

　　生在这块土地上，情感自然也与这块土地紧紧地连在一起，而东北老家似乎只剩下一个模糊的影子，只是在填写籍贯时才会想起。有时去外地出差，忽听到一句西北的方言，也好像突然勾起了乡情，内心泛起思家的感觉。

　　曾走过了甘肃绝大部分县城，还有许多已叫不起名字的村庄，感受过人们对这里所有的认识，只是希望这块土地能像我的东北老家大连那般，尽快地美好起来。

　　出版这本小集子，只是为了一份情怀，是对这块土地家一般的情怀。我将它献给我的家人，也在此感谢所有共同奋斗过的朋友们。